失敗力

わたしの哲学

はじめに

ランプの光は、それが消えるまでは輝き、その明るさを失わない。それなのに君の内なる真理と正義と節制とは、君よりも先に消えてなくなってしまうのであろうか。

（『マルクス・アウレリウス自省録』第十二巻十五、神谷恵子訳、一九五六、岩波文庫）


広島の川は美しい。

山奥の源流を訪ねたことがあるが、そこから出た清水は、清流・太田川となり、広島市で六本の支流に分かれ、市内を流れる。その中の東から二番目に位置するのが「京橋川」である。

京橋川の思い出はたくさんある。

終戦直後、そこに架かる現在の稲荷大橋が路面電車一台が通る稲荷町電車専用橋の時期があったが、私はそれを覚えている。ちなみに稲荷橋の一つ北に架かる京橋が、「京橋川」の名称の由来である。

小学生の頃は、その下流の御幸橋《みゆき》の少し北に飛び込み台があり、泳ぎに夢中になった。

大学生ともなれば、町への行き帰りに京橋川東岸に立ち並ぶ小さな飲食店の前を行き来したものだが、川にせり出した店の床板を支える数本の柱と、その下の店の汚水で汚れた黒い砂浜を思い出す。

あれから六十年、京橋川の両岸は楠《くすのき》が繁《しげ》り、春は川面に桜が枝を落とし、鴨の親子が泳ぐ美しい景色に変わった。

私は毎朝三十分、市の中央部から南に向けて川岸を通勤する。

鳩やスズメ、カラスの多い岸辺であるが、所々に咲く花を見ながら、しばらくは実社会と決別する。

それにしても、最近の新聞社会面、週刊誌のゴシップ記事はすさまじい。

どこかが狂っている。

道徳観、倫理観の欠如といえばそれまでであるが、では何故《なぜ》そうなったのか。

「戦前の軍国主義」の否定は、「戦後の道徳教育」の否定に連なっているのだろうか。

戦後七十二年の現在、「道徳再生」の兆しは見られない。

道徳といえば儒教であるが、孔子、孟子を紐解《ひもと》く人は少ない。一方、武士道の道徳的教訓も今や顧みられないが、そこには私たち日本人の心を揺さぶる懐かしさがある。

道徳の復活はあり得るのか。

私は「ある」と言いたい。

道徳アレルギーには、視点を百八十度変えてみることが必要だ。

「古代ギリシャ哲学」に返ってみることを勧めたい。

ソクラテス、プラトン、アリストテレス…何かしら明るいではないか。未知の「知」を感じるではないか。

「京橋川」の畔《ほとり》を歩きながら、ふと思いつくことがあった。川辺の椅子に腰掛け、「込み入った」「煩わしい」社会や組織を見つめ直す。桜、タチアオイ、ひまわり、その根元に咲く彼岸花を眺めながら、思いついた折々の「ことば」を紡いだのが本書である。

「失敗力《しっぱいりき》」は道元禅師（一二〇〇〜一二五三）の『正法眼蔵《しょうぼうげんぞう》』諸悪莫作《しょあくまくさ》の巻の「修行力《しゅぎょうりき》」から思いついた。悪を作《な》さないと「心掛け」るうちに「修業力」が備わり、悪がつくれない・なされないようになるのと同様に、失敗しないという「心掛け」の積み重ねと反省が「修行力」となり、失敗せぬようになる。それを敢《あ》えて私が「失敗力」と名付けたのである。

とりわけ善悪・正邪の判断の失敗が多い現代に「失敗力」なる灯《ともしび》で失敗せぬことを、そして失敗からの再生を期待したい。

二〇一七（平成二十九）年十一月

平松　恵一

目次

はじめに 2
第一章「哲《てつ》」
一．最高の善（二〇一四年四月） 14
二．不動の心（二〇一四年四月） 18
三．あるがままに（二〇一四年四月） 22
四．オスラー博士と日野原先生（二〇一四年四月） 24
五．山がなぜ歩くのか（二〇一四年五月） 28
六．正義感（二〇一四年五月） 32
七．勇気・猫、そして倫理観（二〇一四年五月） 34
八．心おのおの（二〇一四年五月） 36
九．医戒（二〇一四年六月） 38
十．四つの価値観（二〇一四年六月） 40
十一．三識（二〇一四年六月） 44
十二．孔子の「大学」（二〇一四年六月） 46
十三．眼の用の訓練（二〇一四年七月） 48
十四．溶ける感情（二〇一四年七月） 52
十五．中庸（二〇一四年七月） 54

十六．モンテーニュ（二〇一四年七月）……56
十七．殺人への忠告（二〇一四年八月）……60
十八．『ヒロシマ』（二〇一四年八月）……62
十九．IPPNW世界大会（二〇一四年九月）……64

第二章「心《しん》」

一．月（二〇一四年九月）……68
二．字源（二〇一四年九月）……70
三．醫訓（二〇一四年九月）……74
四．一如（二〇一四年十月）……76
五．言志四録（二〇一四年十月）……78
六．〝歩く〟と〝読書〟（二〇一四年十一月）……80
七．無私（二〇一四年十一月）……82
八．前頭葉を鍛える？（二〇一四年十一月）……86
九．失敗学（二〇一四年十二月）……88
十．原田東岷先生（二〇一五年一月）……90
十一．誠実（二〇一五年一月）……92
十二．ありがたさ（二〇一五年二月）……94

目次

十三．死について（二〇一五年二月）…… 98
十四．愛語（二〇一五年二月）…… 100
十五．心の窓（二〇一五年三月）…… 102
十六．社会的共通資本（二〇一五年三月）…… 104

第三章「徳《とく》」

一．園遊会（二〇一五年四月）…… 108
二．格物致知（二〇一五年五月）…… 112
三．医のサンフレッチェ（二〇一五年五月）…… 114
四．経験（二〇一五年六月）…… 118
五．嘘（二〇一五年六月）…… 120
六．万葉集（二〇一五年六月）…… 122
七．イノベーション（二〇一五年七月）…… 124
八．大きな力（二〇一五年十月）…… 126
九．失敗を活かす（二〇一五年十一月）…… 128
十．「正義」と「善」（二〇一五年十二月）…… 130
十一．縁起（二〇一六年一月）…… 132
十二．発揮する勇気（二〇一六年一月）…… 134

十三.気遣い（二〇一六年一月）……136
十四.札幌（二〇一六年二月）……138
十五.逆転の発想（二〇一六年二月）……140
十六.広島宣言（二〇一六年三月）……144

第四章「観《かん》」

一.懐古（二〇一六年四月）……148
二.減師半徳（二〇一六年四月）……150
三.過去と未来（二〇一六年五月）……152
四.比治山（二〇一六年五月）……154
五.拈華微笑（二〇一六年五月）……156
六.諸悪莫作（二〇一六年六月）……160
七.SPIRC-NP（二〇一六年六月）……164
八.二〇二五年問題（二〇一六年七月）……166
九.正義と平等（二〇一六年七月）……168
十.沛然（二〇一六年七月）……170
十一.酒文化（二〇一六年七月）……172
十二.パラダイムシフト（二〇一六年八月）……174

十三．止観（二〇一六年八月）……176
十四．忘己利他（二〇一六年八月）……178
十五．てんかん（二〇一六年九月）……180
十六．花（二〇一六年九月）……182
十七．組織（二〇一六年九月）……184

第五章「忖《そん》」

一．使命（二〇一六年十月）……188
二．価値観の重要性（二〇一六年十月）……192
三．大統領の広島訪問（二〇一六年十一月）……194
四．ＡＢＣＣ（二〇一六年十一月）……196
五．大将の器（二〇一六年十一月）……198
六．美（二〇一六年十二月）……202
七．根拠（二〇一七年一月）……204
八．漢文（二〇一七年三月）……206
九．やわらぎ（二〇一七年三月）……208
十．三人言而成虎（二〇一七年三月）……210
十一．大学（二〇一七年四月）……212

第一章　哲《てつ》

一・最高の善（二〇一四年四月）

四月も第二週に入りますと、だいぶ暖かくなってまいりました。川沿いを散歩してみますと、桜はもう葉桜でしたが、その隣には真っ赤なベニバナトキワマンサクの花が咲いていました。緑と赤い花の美しさを満喫したひとときでした。

現在、私はこれまでの自分の哲学をまとめようと、古代ギリシャ哲学をいろいろと調べています。この話にはオチがありますので、笑っていただければと思います。

ギリシャ哲学の本は既に持っていますので、調べてみました。ソクラテス（前四六九～三九九）、プラトン（前四二七～三四七）に続き、紀元前三〇〇年前くらいにエピクロス（前三四一～二七一）という古代ギリシャのヘレニズム期の哲学者がいます。その少し前にはアリストテレス（前三八四～三二二）がニコマコス倫理学を書いていて、そこで善と悪の概念が出てきます。紀元後になりますと、エピクテートス（五五～一三五）が現れます。私は、このエピクテートスの本を探しに探し、やっと見つけて古本屋で購入しました。

なぜこの本を探し求めたかといいますと、私が二十二、三の頃にたまたま買った

『正法眼蔵新講』（伊福部隆彦）の最後ページにあった出版社の宣伝文中の「清沢満《まん》之《し》」という名前に端を発します。

清沢満之は浄土真宗の学校に入ったが僧侶にならず、「仏教界の内村鑑三」と呼ばれた人だといいます。内村鑑三は、御存知の通り、日本独自の無教会主義を唱えたキリスト教思想家です。

いずれにしましても、このときから〝絶対にこの人の本を買おう〟と清沢満之の本を探し続け、数年前に古本屋で見つけました。早速読んでみますと、清沢満之は三十歳という若さでこの世を去ったけれど、清沢満之全集があるほど沢山の本を書いている、大変優秀な浄土真宗の信者でした。その清沢満之が懐に入れて参考にしていたのが、彼が友人宅で見つけたエピクテートスの語録だったのです。自分に迷いが生じたときには、エピクテートスの語録を読んで励まされていたという清沢満之の言葉に、〝今度はエピクテートスの本をどうしても手に入れたい〟と考えた私は必死に探しました。なかなか見つかりませんでしたが、やっと発見した、というわけです。

やった、これで清沢満之とエピクテートスを研究するぞと意気込んで読み進むと、どうも話が違う。中には立派な語録が書いてあって素晴らしいのですが、しっくりこない。中盤まで読み進んだところで、やっとこれはエピクテートスではなくエピクロスだと気づいたのです。気づくまでにエピクロスの快楽主義をマスターするほどでした（よく似た名前には要注意。これがオチです）。

昔から哲学や宗教の本を読んできたのは、憧れではなく煩悩を断ち切るためでした。いろいろと読んでいくと、善とか悪とか正義とか、大体のことが分かってきました。前著『わたしの哲学』の「おわりに」にも哲学の必要論を書いています。「日本人には哲学がない」、これは以前にもご紹介した中江兆民《ちょうみん》（一八四七～一九〇一）の言葉ですが、梅原猛氏も小泉元首相に「哲学がない」と断言しています。ただこの時、私にはなぜ哲学がないと言われているのかが分かりませんでしたが。中江兆民は言います。「日本人は外国文化が入ってくれば、すぐに外国文化を取り入れてしまう。明治維新でも血を流すことなく政変するなど、首尾一貫した奥深さがない」と。

最終的に哲学では、最高の善が幸福となります。良いことの最高が幸福で、人間は幸福を求めて生きているわけです。われわれも、われわれだけの幸福ではなく、県民の健康と福祉の充実が幸福につながります。それをしっかりと考えて、行政とともに県民の幸せのために頑張りましょう。

二．不動の心（二〇一四年四月）

今日は朝から良いことが二つありましたので、皆さまに幸福のお裾分けをしましょう。

約半年近く、探しに探していた本が、妻の使う棚に置いてあるのを今朝発見しました。

『新しい哲学を語る』（二〇〇三、ＰＨＰ研究所）という梅原猛氏と稲盛和夫氏が書かれた本です。この中で、時の政府の聖域なき構造改革を梅原猛氏が批判しています。やはり日本の伝統を大切にし、これまでの文化あるいは文明を考慮するのが政治における哲学であり、理念が入るとしても、日本の文化を大切にするという一貫した考え方、筋を通す考え方を示唆されています。市場原理主義のアメリカから言われるまま動く日本を嘆いているようでした。

実はこれまで三冊の本が行方不明でしたが、この一冊に加えてもう一冊見つかりました。同じところにあったのです。少々妻には苦言を呈しましたが。

そのもう一冊が『いま哲学とはなにか』（二〇〇八、岩波新書）。この岩田靖男氏の本は、哲学を理解するには素晴らしいと思います。

ソクラテス（前四六九～三九九）、プラトン（前四二七～三四七）、アリストテレス（前三八四～三二二）、あるいはエピクテートス（五五～一三五）のことも書かれています。中でもソクラテスやプラトンの哲学は充分に説明されていて、善と正義、幸福について頭の整理ができますし、いい勉強になります。

行方不明の三冊のうち二冊が見つかった、ということで、あと一冊もと探していたところ、ついに妻の寝室の本棚で発見しました。私が五十年間枕の下に置き、大切にしていた本だったので、妻に一度読んで貰いたいと貸したものと思われます。


ソクラテスやプラトン、アリストテレスの頃から、さらに西田幾多郎氏も言っていることは善の探求。徳とか善とか、そこを充分に考えて、われわれも行動すべきです。アリストテレスは、徳は中庸にあり、中庸を善として、最高の善を幸福として、人生の目標を幸福としています。

ギリシャには有名なストア哲学がありますが、ストア哲学の根幹は「不動心、あるいは辛抱強さ」。その始祖はゼーノーン（前三三六～二六四）とされ、元をたどればソクラテスに至ります。ソクラテスの弟子のアンティスネース（前四四六～三六六）は、ソクラテスから辛抱強さと不動心を学んだといいます。エピクテートスもソクラテスの思想に影響を受け、何事にも動じない「不動心」あるいは「ゆとり」を目的とする哲学の実践を重視しています。

「平静の心」なる言葉は、アメリカのオスラー博士（一八四九～一九一九）の講演集『平静の心』（日野原重明・仁木久恵訳、一九八三、医学書院）に、ローマ皇帝、アントニヌス・ピウスの言葉として載っています。二〇〇二年に日野原先生が出版された『日野原重明 １００歳の金言』（ダイヤモンド社）でも「平静の心について」書かれています。

日野原先生は、一九七九年九月一日付のクリニシアン（エーザイ株式会社）で「私の座右銘」として「平静、思想と行動」も発表されていますので、オスラー博士から大きな影響を受けておられたようです。いずれにしましても「平静な心」は「不動心」にほかならず、それはソクラテスにまで遡ります。

オスラー博士は、臨床医への教訓の一つとして、古典を読んで教養人となることの必要性、すなわちこれら古代ギリシャ・ローマ時代の哲学を紐解く、いわゆる人生哲学勉強の意義を説かれています。

三．あるがままに（二〇一四年四月）

体調を整えるために歩いていると、川沿いには八重桜でしょうか、綺麗な花が咲いています。ピンク色が濃く、花びらもやや大きめでソメイヨシノとは少し趣が違う桜です。最初は木瓜《ぼけ》の花だと思っていたベニバナトキワマンサクも真っ赤な花をつけています。実は、木瓜の花はネット写真で見るともう少し白みがかった色をしていることが分かり、これは何の花かと思っていたところ、先日行った歯科医の庭にまさにその真っ赤な花が咲いていました。早速、先生に尋ねたところ、「これはベニバナトキワマンサクという高価な木だ」と教えていただいたというわけです。

「柳は緑、花は紅」といいますが、自然はあるがままで美しく、人間も自己を「あるがまま」に表現する。また、人や物をあるがままにありのままに見ること、これが重要です。

東條内閣の文部大臣まで上り詰めた東大医学部生理学元教授・橋田邦彦氏が道元の正法眼蔵を解説した『正法眼蔵釋意』（一九三九（一九八〇、山喜房仏書林））。この本の中で、科学者はあるがままを見る癖をつけ、偏見を持たずに素直に物事を見ることが大切である。森羅万象のあるがままなる相を把握することが科学の目的であり、またその本義である。あるがままなることは「自《おのず》から然《しか》ること」である、と言っています。彼は最終的には東條内閣の文部大臣でしたからＡ級戦犯とされましたが、逮捕される日の朝、服毒自殺をしています。

これからは新緑の季節ですので、あるがままの緑をあるがままに見て、心を清く柔らかくしていきたいもの。川沿いの赤い花、緑の木々を素直に見ていく気持ちを持って、感動することを大切にし、自らの心を清浄化していければと思います。

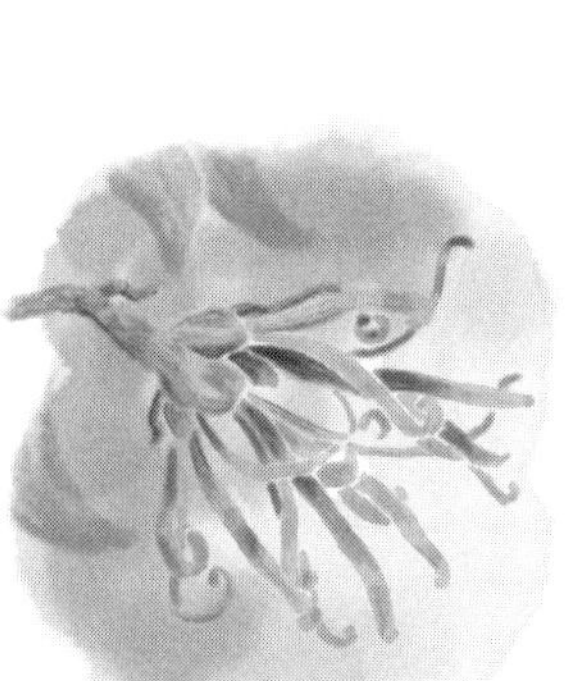

四．オスラー博士と日野原先生（二〇一四年四月）

以前にもご紹介したペンシルバニア大学の内科学の教授で、その後ジョンズ・ホプキンス大学の創設に加わったウイリアム・オスラー博士（一八四九～一九一九）は、一九〇四年に講演集を集めて『Aequanimitas（平静の心）』を出版されました。それを日本語に翻訳されたのが日野原重明先生で、『平静の心』（一九八三、医学書院）として五百ページくらいの本にまとめられています。

オスラー博士の本は、マッカーサー司令部に同行していた医師が、まるでバイブルのように携え、心のよりどころとして扱っていました。

その本を日野原先生は、その医師に頼み込んで貰い受け、翻訳されたのですが、私も偶然、十数年前に買って読みました。先日もう一度読んでみると、やはり良いことが書かれてあります。

オスラー博士の人生訓が多くまとめられていますが、一つは超然の術（自己の抑制を養い、どのような状況下でも物事に集中できる習慣）。第二は効率のよいシステム的な習慣。第三は物事に徹すること。第四は謙遜の徳です。

オスラー博士は大変早起きで、朝起きたら勉強するような毎日の習慣を持つことの大切さを説いています。また「平静の心」である「不動心」ですが、何物にも折れない心の大切さも説いています。

偶然、私の持っていた一九七九年のクリニシアン（エーザイ株式会社）の表紙に日野原先生が出られています。先生はご高齢にもかかわらず、聖路加国際メディカルセンターの理事長としてご活躍された方で、ずっと頭髪も黒く若々しく、感動を覚えたものです。先生の写真の裏に、座右の銘として「平静、思想と行動」と記載されていて、やはりオスラー博士の「平静の心」は日野原先生にとりましても大きなインパクトを与えたようです。クリニシアンはその一冊しか残っておらず、あとはどこに消えたのか、いずれにしましても貴重な一冊となりました。

日野原先生は、「平静の心」、「不動心」を持って百二歳まで生きてこられたのだと思います。それは何があっても折れない心、われわれも参考にして生きていきたいものです。いろいろなところでさざ波が立ちますが、「平静の心」で頑張っていきましょう。

＊二〇一七年七月、日野原先生の訃報に接し、本当に惜しい方を失ったと哀《かな》しみで胸が苦しくなりました。先生の教えてくださった「平静の心」を肝に銘じ、生きてまいります。人生の指針、ありがとうございました。心よりご冥福をお祈り申し上げます。

第一章　哲

五．山がなぜ歩くのか（二〇一四年五月）

忘れもしない一九八六年のゴールデンウィーク。私はカリフォルニアのペブルビーチへゴルフに行きました。ペブルビーチはゴルフのメッカということで難コースにチャレンジしましたが、タフなコースでいくら叩いたか覚えていません。とにかく海と空が綺麗で、アシカも泳いでおり、ロケーションも素晴らしいコースでした。

その時はコースに面したロッジに宿泊したのですが、季節は夏なのに薪のストーブがあるほど冷え込んでいました。ロッジですから何もなく、夜はバーに出かけてバーボンをロックで飲んだことを覚えています。

翌朝、テレビをつけて驚きました。ニュースでチェルノブイリ原発事故発生の報道が流れているのです。しかもアジアから日本の上空にはチェルノブイリから煙が来るかのような図も示され、これは日本が大変だと思いました。友人といろんなところを旅した中でも、強烈な思い出の一コマです。

さて友人たちも歳を取り、様々な病気に罹っています。高校時代の友人たちは、心筋梗塞に胃がん、心房細動など、皆何かしらの病気を経験しています。しかし、一人だけ元気な友人がいます。現役時代は大手メーカーの管理者をしていましたが、非常に柔軟性のある人です。柔軟心と健康は関係あるのでしょうか。

いろいろな生き方がありますが、友人たちは「毎日が日曜日だ」と言います。一日をどう過ごすかと聞くと、ある友人は奥さんと市内で開催されるありとあらゆる講演会に行くという。新聞で講演会を見つけては参加しているようで、数年前には医師会の県民フォーラムにも奥さんと来ていました。二人を見つけて話をすると、講演会の予定がぎっしり書かれた手帳を見せてもらいました。この友人の生き方が悪いわけではありませんが、われわれ医師は定年後も働くチャンスが多分にあることはいいことだなと思います。逆にのんびりできないこともあるということですが…。

道元禅師の「青山常運歩」なる言葉は仏祖である芙蓉道楷《ふようどうかい》の言葉ですが、その解釈はなかなか難しい。そこで、お茶の水女子大学の頼住光子准教授の本（『道元』

（二〇〇五、ＮＨＫ出版））を読み直しています。山がなぜ歩くのか。それを考えることで頭のトレーニングになります。道元禅師の思想の神髄でもある、この言葉の解釈は面白いものです。

第一章　哲

六．正義感（二〇一四年五月）

某県の公安委員を三期九年にわたって務められた非常に活動的な弁護士さんから自著をいただきました。

『続琴線響魂』。

その弁護士がなぜこの本を出版したのかというと、公安委員をしている時に、政治的中立性が求められる公安委員が代議士に献金していると朝日新聞に書かれ、批判を受けました。素人目には、公安委員が代議士に献金するのは問題ありと映るかもしれないが、ちゃんと理由がある。朝日新聞の記事への反論として、いろんな事情をこの本にまとめられています。

朝日新聞に指摘された代議士は、実はこの弁護士さんの事務所の正式な雇用弁護士で、故に正規に給料を払っています。加えて、その代議士は年来の友人である弁護士のため、政治献金の一番正しいあり方であるとし、公安委員の献金は合法であると主張したのです。

この方は正義感の強い人ですので、こうして一冊の本にして事情を説明されています。時に自身の公安委員活動を紹介し、県警察の問題点の指摘なども書かれています。新聞社や有識者とのこの問題についてのやりとりも充分になされており、問題解決の意気込みを感じます。

公安委員の政治的中立性と公安委員会の政治的中立性を同一に考えたところに新聞報道の誤りがあるようです。地方の公安委員が、ある政党を支持することに何ら違法性はないとし、法律上、公安委員は政治活動をしてはいけないという法律もないと主張。朝日新聞と論争を繰り返され、その顚末をまとめられています。

正義感に満ちているこの本を読むと、泣き寝入りはしてはいけないと勇気が湧《わ》いてきます。自分が正しいと思ったら、相手が新聞社であろうが、とことん戦っていく姿勢は見習わなければなりません。

七．勇気・猫、そして倫理観（二〇一四年五月）

アメリカのカリフォルニア州で起きた事件を朝のテレビニュースで見ました。防犯カメラがとらえた映像ですが、自転車に乗って遊んでいる男の子に、背後から犬が近づいて足に噛みつき、引きずります。そこへ猫が走ってきて噛みついている犬に体当たりし、男の子を救出。さらに猫は犬を威嚇して追い払い、男の子に駆け寄りました。その勇敢な猫は男の子が飼っている雌猫だそうですが、その姿を見て感動しました。

ニュースの最後は、犬に噛まれた男の子が足に包帯をし、ソファで猫を撫でている映像でしたが、飼っている猫とはいえ、一見自由で気ままそうな猫が、人間の子どもに母性本能が働いたのでしょうか。不思議ですが、とても素敵な話で、朝から爽やかな気分になりました。

それと比較しては悪いのですが、韓国のセウォル号沈没事故。船長が乗客に化けるために制服を脱ぎ、半ズボンで乗客より先に逃げている姿は何とも情けない限りです。

ただ、このセウォル号沈没事故で、韓国の朴槿恵《パククネ》大統領が謝罪している姿を見て、考えさせられました。大きな事故で死者も多く出したとはいえ、一国の大統領が事故の対処の悪さを国民に謝罪するということが、日本ではあり得るでしょうか？　安倍首相は謝罪するでしょうか？　朴槿恵大統領の謝罪を褒めているわけではありませんが、日本の文化からしてどうするか、気になるところです。

それにつけましても、セウォル号沈没事故は、過積載のために船底のバラスト水を抜くとか、積み荷を固定しないとか、いろいろな問題が報道されています。ソウル地下鉄事故の報道なども鑑みると、これらは韓国社会の問題点が露わにされた結果だと感じます。

そんな隣国の惨事・不祥事を見て、わが国を見直し、さらには私たちの組織も見直したい。長年、顧みられなかった医療倫理を、もう一度われわれで考えていきたいと思っています。

八. 心おのおの（二〇一四年五月）

いろんな物事を決定する場合、早い決断は良いこともありますが、あまりにも即断的ではいけない場合もあります。物によっては充分に調べ考えれば、また違う解決法があることに気づくこともあり、考え抜いているうちに思わぬ解決方法が見つかることもあります。

聖徳太子の十七条憲法。私は、この文章がとても好きです。

「人皆心あり。心おのおの執《と》れることあり」

執れることありとは、執着するという意味で、それぞれの人間は心があって、いろんなことに執着する傾向があるという意味です。

その例として以下のように挙げられています。

「彼是《かれよし》んずれば則《すなわ》ち我は非《あし》とす」、ある人がある事を是と言えば、私はそれを非と言ってしまう。その逆に「我是とすれば則ち彼は非とす」、私が是とすれば、彼は非と言ってしまう。「我必ず聖《ひじり》にあらず。彼必ず愚《ぐ》にあらず」、私が必ずしも聖でもなく彼が愚かでもない。「共にこれ凡夫《ぼんぷ》のみ、是非《ぜひ》の理なんぞよく定むべき」、皆共に凡人である。これは良い、これは良くないと誰が定められるだろう。「相共に賢愚なること。鐶《みみがね》の端《はし》なきがごとし」、お互いに賢く、そして愚かであることは、耳輪に端がないようなものだ。

ユリウス暦六〇四年に制定された聖徳太子の十七条憲法は、決して国民に向けた憲法ではありません。国民がこうしたことを理解できない当時では、管理者のための行動規範として出されました。つまり宮廷や官邸あるいは、地方に配属した官僚たちに向けてのようであります。

時にはわれわれも十七条憲法を読み直してみてはいかがでしょうか。非常に柔軟性のある考え方に心が救われます。

九．医戒（二〇一四年六月）

広島大学の名誉教授で整形外科の津下健哉先生は、ご先祖が大阪の緒方洪庵先生の適塾で学ばれたということで、医史について探求されている方です。

その津下先生が、一九九五年の広島医学第四十八巻十一号に「医戒」と題して、医史に関する論文を発表されています。どんな内容かというと、ドイツの医師フーフェランド（扶氏）（ベルリン大学教授、一七六四〜一八三六）の著『Enchiridion Medicum 医学臨床の手引、五十年の経験と遺産』を緒方洪庵先生が、フーフェランドの「フ」を取って「扶氏」と呼び、完訳『扶氏経験遺訓』を完成させた。しかし最後に書かれている医師への戒めがあまりにも長く難解なため、緒方洪庵先生が「扶氏医戒之略」として十二カ条にまとめ、これが日本に広まったということです。

「医戒」といえば「ヒポクラテスの誓い」が有名ですが、この数年来、日本では医学部の卒業生に対して日本医師会と医道顕彰会が、緒方洪庵先生の肖像画と「扶氏医戒之略」およびその参考文、解説書の四点セットを渡しているそうです。しかし、卒業生に聞いてみても、これを読んだ覚えも、頂いたことさえ記憶にない者がほとんどなのだとか。ヒポクラテスだけでなく、日本にもドイツのフーフェランドの本を要約し、「医戒」を世に広めるために活動した先哲がいたことを知ってもらいたいと津下健哉名誉教授は書かれていました。

緒方洪庵先生の「扶氏医戒之略」に相当する杉田成卿訳「済生三方医戒附刻」の総括を紹介します。

「病める者を見てこれを救はむと欲する情意、是即医術の由て起こる所なり。今も仍《な》ほ医宜く此心を以て本とすべし。冀《こいねがは》くは医術純正貴霊にして、而《しか》して施す者も受くる者もこれに因て真福を得むことを。他の為に生じて己れの為にせず、是即医業の本体なり。故に安逸、利益、歓娯、快楽を捐《す》て、己の健全性命をも顧ず。更に名誉さえも擲《なげうち》て、其の最貴の目的に従事すべし。目的とは何ぞ。他の性命健康を救全するの一途のみ」

これが既に緒方洪庵先生の適塾では当然のこととして話されていることに驚きます。

十．四つの価値観（二〇一四年六月）

弁護士でニュースコメンテーターの若狭勝氏が仰っていることに、四つの価値観があります。まさに私たちが求める「組織維持」のために必要な事柄を四つにまとめられています。

一つは「公正」ということ。組織にとって、公正がいかに大切かということは御存知の通りで、正しいことをわれわれは行っていくということです。若狭氏は、それに加えて邪心がないかという言葉を使って、公正とは、どこから誰が見ても正しく、自分たちだけが正しいと思うことではないと言っています。

二つ目は「透明性」ということですが、これも何となく理解できると思います。透明性とは、物事を決定していく過程や決定事項が、誰からも見えやすく分かりやすいという意味です。

三つ目は「説明責任」。これは会員に対して充分に説明をしていく責任があることの自覚です。その自覚を持って行動しなければなりません。

最後の四つ目は「情報公開」。会員に対して必要に応じ、適正で適切な情報公開を行うことです。

この公正、透明性、説明責任、情報公開の四つを心新たに再確認して、これからの医師会運営を行っていきたいと思います。

三冊の本があります。

いずれも広島県医師会が発刊した「近代医療と生命倫理」で、過去数年にわたって広島県医師会にはこのような活動があり、その活動がどんどん進歩していくことを見ていくことができます。

一冊目は、福原会長時代の一九九五年「近代医療と生命倫理～いま、何が求められているのか～」です。最初なのでまだ本は薄いのですが、生命倫理について真剣に取り組んでおられます。

二冊目は、真田会長時代の一九九九年「続　近代医療と生命倫理～いま、何が問われているのか～」。一冊目の続編として、サブテーマを変えた形で発刊されています。ページ数も増え、これだけ進歩しています。

三冊目も二〇〇三年の真田会長時代に「続続　近代医療と生命倫理～いま、何をしなければならないか～」が発刊されています。わずかな期間に、薄かった本がこんなに厚くなっている。倫理の検討に、どれほどのエネルギーを費やされたかが分かります。

しかし、その後八年間は、倫理に関しては全く手つかずのまま。かく言う私も残念ながら二年間は、こうした本をまとめられる状態ではありませんでした。とはいえ、こうした過去の歴史を紐解いていきますと、われわれが今何をしなければならないか、おのずと見えてきます。

こうして本を出すことだけが医師会の仕事ではないと言われればそうかもしれません。が、翻ってみると、われわれも何か本に残せるような仕事をしなければいけないと思うのです。この本を目に焼き付け、これ以上のものを作りたい。もちろん、生命倫理のみに限らず、少し視野を広げた内容になってもいいと思います。

第一章　哲

十一・三識（二〇一四年六月）

江戸時代の儒学者である佐藤一斎氏（一七七二〜一八五九（八十八歳没））は、江戸幕府直轄の教学機関・昌平坂学問所の総長でした。その方の著書に、出身地である岩村藩（美濃国（現岐阜県））の役人たちを教育するための『重職心得箇条』があります。これを安岡正篤氏（一八九八〜一九八三）が解説され、五、六十ページの本にまとめられていますので、その中から少しご紹介したいと思います。

新人の時期は元気で愉快にやっていこうという風潮ですが、佐藤一斎は厳しいことを言っています。

「刑賞においては明白であるべし」

つまり、部下に対して何でも許すのではなく、きちんと評価することで、誰から見られても問題がない行動をしていこうということです。

「部下を使う」ことに関しても、「部下を信じて任せる任用をせよ」と言っています。『重職心得箇条』のほんの一部ですが、大切な心得と感じます。

この本を翻訳解説された安岡正篤氏は、大阪生まれの陽明学者・思想家です。歴代首相の相談役を務め、「平成の名付け親」「昭和最大の黒幕」と呼ばれ、また多くの本を執筆されています。その中の一冊、『安岡正篤の人間学講話～論語の活学～』などを読むと、孔子の本から引用したような言葉が多く、そういう方面でも長けた人であったことが推察できます。

そんな安岡氏の言葉に、三識の必要性があります。

誰でも勉強をすれば知識を持つことができるが、知識の上に見識を持ちなさい。見識というのは判断力あるいは批判力が必要で、単純な知識だけではなく判断力を持った見識を大切にしなさい。しかし、それだけでもダメで、さらに実行力を備えた見識を持つことで胆識となって初めて役に立つ。

知識・見識・胆識の三識が必要だというのです。私たちも三識を念頭に、任用を心掛けてまいりましょう。

十二．孔子の「大学」（二〇一四年六月）

「日々新たなり」。私はこの言葉が好きで、何事にも「日々新たなり」の気持ちで取り組んでいます。

ふと、この言葉を私は何から引用したのか気になり、考えましたがなかなか分からない。先日、やっと思い出したのが、孔子の「大学」です。

「大学」の第二章に「湯《とう》の盤《ばん》の銘《めい》に曰く【苟《まこと》に日に新たなり、日に日に新たにして、又日に新たなり】と」という目次があります。これが「日々新たなり」の出典でした。

もう少し説明しますと、孔子を始祖とする儒教の中で特に重要とされるものに「四書五経」があります。その「五経」の中の「礼記」の一部に「大学」という篇《へん》があるのですが、どうしてこの「大学」が有名になったでしょう。書かれている内容は儒教の基礎ですが、学校などにかつてよく設置されていた二宮金次郎の像。彼が読みながら歩いているのが「大学」なのです。

では、そもそも「大学」とは一体何ぞやとなりますが、普通はcollegeのような学校のことです。孔子の「大学」も概念的には同じですが、大学の前の高校・中学はなく、大学の前は小学のみ。八歳くらいで小学校に入って十五歳くらいで大学に入る。そういう意味の「大学」のようです。

この「大学」は孔子の遺書とも言われています。これを書いたのは孔子の弟子の曾子《そうし》の門下生である「曾氏」たち。「曾氏」とは曾子の一門という意味で、その一門が孔子の言動を記したと言われているのです。

これからも「日々新たなり」の気持ちで進みたいと思います。

十三　眼の用の訓練（二〇一四年七月）

物理学者の寺田寅彦氏（一八七八〜一九三五）の随筆『柿の種』（一九九六、岩波文庫）。この中に、理知的・倫理的といいますか、見る目が違うと感じる、わずか四行の興味深い一節があります。

生来の盲人は眼の用を知らない。
始めから眼がないのだから。
眼明きは眼の用を知らない。
生まれた時から眼を持っているのだから。

意味は何となく分かるのですが、これを言葉で説明しようとすると、なかなか難しい。最初の「生来の盲人は眼の用を知らない」は「始めから眼がないのだから」で理解できます。しかし「眼明きは眼の用を知らない」となると、生まれた時から眼を持っている人は、眼の本当の用い方を知らないと解釈することもでき、著者の真意が今一つつかめません。寺田寅彦氏はこの『柿の種』を、心の忙《せわ》しくない、ゆっくり余裕のある時に、一節ずつ間を置いて読んでもらいたいと言っています。

別の本ですが、昔読んだ本に『人生の鍛錬』（二〇〇七、新潮社）があります。これは文芸評論家である小林秀雄氏の言葉を集めたものです。久しぶりにこの本を開きましたら、かつて難しい用語を使った文章に無性に反抗心が湧き、反論を書き込んでいったメモが書中随所に見受けられ、懐かしさでページを繰っていきました。

その中ほどで、先ほどの寺田寅彦氏の一節を彷彿《ほうふつ》させるような文に出合いました。画家と一般人との違いを書いてあるのですが。

「これは見るという単純なことも、点検してみればどれ程複雑な現象であるかしれたものではない。私と画家とが同じコップを眺める、画家の眼の網膜が無限の光線の戯れの中から、私の網膜が捉《とら》えると同じ分量の光線を捉えているなどと思ったらとんでもない間違いであろう。すべては眼の構造如何《いかん》にかかっている、眼の構造は又、眼球使用の修練如何にかかっている。頭は知識で捉え、筋肉は運動で強くなるが、眼は、どうして利くようになるか判然としないから、見る修練などという事を普段は考えてみないだけだ」

寺田寅彦氏の「眼明きは…」は説明する必要はないでしょう。小林秀雄氏は、画家の目の付けどころ、用い方はわれわれとは違い、同じ眼でも訓練次第で違ってくることを言っているのです。

常に物事をある程度批判的に見ながらも、あるがままの姿をあるがままにとらえる訓練、すなわち眼の用の訓練・心の訓練を指摘していただいたように感じました。「人生は芸術である」を、人生は表現であると解釈した人（三木徳近）もあれば、一点の努力のあともないと表現した人（鈴木大拙）もいます。私は、一点の作為もなく、あるがままを見る心を持って、あるがままをその人なりに表現することが、用を知った眼明きの人生であり芸術であると解釈するのですが、いかがでしょう。

※文中、一部不適切な言語もありますが、原文に忠実のまま反映しております。

第一章　哲

十四．溶ける感情（二〇一四年七月）

前回、ご紹介した物理学者の寺田寅彦氏について、再度、考察します。調べますと、寺田寅彦全集は十一巻まであって、すごい量の本を書かれていることが分かります。

寺田寅彦氏は、理知的と申しますか物理学者としての眼でもって人生を語る一方、哲学的で深く「人間」を考えさせるような文章を多く執筆されています。随筆集『柿の種』にも、そういう人間的な情緒あふれる箇所がありますので、ご紹介しましょう。

「大学の構内を歩いていた。病院の方から子どもをおぶった男が出て来た。近づいたとき見ると、男の顔には何という皮膚病か、ブドウくらいの大きさのイボが一面に創生していて、見るもおぞましく身の毛がよだつ思いがした。背中の子どもは三つか四つの可愛い女の子であったが、世にもうららかな顔をして、この恐ろしい男の背にすがっていた。そうして「おとうちゃん」と呼びかけては何かしら片言で話している。その懐かしそうな声を聞いた時に、私は急に何ものかが中で溶けて流れるような心持ちがした」

これを読んだとき、おそらく寺田寅彦氏が感じたのと同じ感覚が私の胸の中にも湧きあがったことが思い出されます。この可愛い女の子の「世にもうららかな顔をして」という、普段私たちがあまり使わない表現で、わが子をおぶって歩く父親と子どものほのぼのとした幸せ感を醸し出し、そして「おとうちゃん」という一言で読者の心の中にある親子の絆、父親への懐かしい信頼感を思い出させます。

本当に寺田寅彦氏は表現力があり、感情も豊かな物理学者だと思います。われわれも忙しい毎日の中、この物理学者と同じように、心の中で溶けて流れる感情を大切にしていきたいものです。

十五．中庸《ちゅうよう》（二〇一四年七月）

私は中国の先人たちの話をよくします。ただ、昨今は尖閣諸島問題もあり、あまり中国のことを話したくなくなりつつあります。孔子や孟子のような、とても立派な人がいた国なのに、残念です。

とはいえ、四書「論語」「孟子」「大学」「中庸」を理解すれば中国はマスターしたようなものだと思います。そこで今回は「中庸」を取り上げます。

「中庸」という言葉は、私たちもよく使います。「中庸を得ている」とか「中庸が大切だ」とかですが、「中庸」は孔子の孫の子思の作とされています。この「中庸」を宇野哲人氏が訳注し、ご子息の宇野精一氏が手直しして講談社文庫（一九八三）から出版されています。

中庸の「中」ですが、これは「時の宜《よろ》しきに適《かな》いて、過不及《かふきゅう》なきこと」、「庸」とは「普通のこと、当たり前のこと」という意味のようです。

結局、中庸というのは、私たちが考える意味ではなく、その場その時において最も適切・妥当なことで、同時に「過不及なきこと」すなわち多くもなく少なくもないこと。ここで私たちの知っている中庸の意味が出てくるのですが、実際は、その場その時の最も適切で妥当なことを実行することが中庸のようです。

　しかし、そんなことができるのは聖人君子くらいではないかと感じてしまいますが、「庸」は普通で当たり前の意です。「中庸」も決してわれわれ凡人が実行できないことではない、われわれでも中庸を得ることができると思います。

　どんな場面でも、最も適切かつ妥当なことを選択すること。そう考えると、われわれは常に中庸を求められているのではないでしょうか。

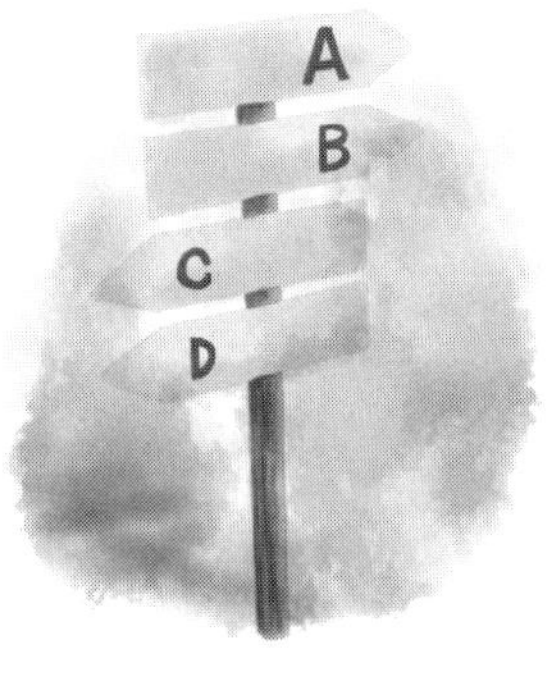

十六．モンテーニュ（二〇一四年七月）

七月二十八日(月)に平和学習のため広島大学で研修中のドイツ留学生が挨拶に来られました。アーネ・コベさんという、礼儀正しい青年でした。私がドイツ語を話せればよかったのですが、「auf Wiedersehen（さようなら）」しか言えませんでした。よく考えたら大学の教養部時代にドイツ語の会話を一年くらい受講したのですが、綺麗さっぱり忘れていました。

しかし、四、五日前からドイツの哲学者ヘーゲル（一七七〇～一八三一）の『歴史哲学講義』（岩波文庫、一九九四、二〇〇八）を読んでいましたので、ヘーゲルの話をしたところ、やはり驚いたようです。とはいえ、ヘーゲルの哲学はなかなか難しく、日本の学生に西田幾多郎を知っているかと聞いたのと同じで、少し無理があったようですが。

話は変わりますが、ミシェル・ド・モンテーニュ（一五三三～一五九二）を御存知でしょうか。十六世紀のフランスの哲学者でモラリストといった人物です。ギリシャやローマ哲学に強く、単純に物事を見ること・健全な判断力の重要性を指摘し、読書と経験が判断力の養成に役立つとも言っています。

なぜ私がモンテーニュにこだわっているかと言いますと、学生の頃に買ったモンテーニュの「随想録」は、当時の私にはあまりにも難解で熟読することを断念。いつか解読しようと思っているうち、五、六年前の引っ越しで紛失してしまいました。

そこで、数カ月前に『エセーⅠ・Ⅱ・Ⅲ』（荒木昭太郎訳、二〇〇二、二〇〇八、中公クラシックス）と保苅瑞穂《ほかりみずほ》氏の『モンテーニュ私記』（二〇〇三、二〇〇四、筑摩書房）を購入しました。『モンテーニュ私記』は、モンテーニュの「エセー」の一文を紹介して解説していくのですが、その中に「私の哲学」という言葉があったのです。十六世紀の文化人であるモンテーニュが私と同じ表現を使っていることが分かり、少し嬉しくなりました。

『モンテーニュ私記』の中では、モンテーニュの根本精神を「哲学ほど陽気で溌剌《はつらつ》として、快活なものはなに一つありません。……哲学を宿す魂は、魂の健康によって肉体までも健康にするものでなければなりません。……哲学が大切にするのは魂の嵐を晴朗にすることである。……哲学の目的は美徳にあります。……即ちよく生きるための哲学」としています。「モンテーニュの座右の銘は、私は何を知っているかで、自分の無知を知ることが知恵の真の起源であることをソクラテスから学んだ」。そして「自分を知るには、自分の姿を〝世界の鏡〟に映して見ることが一番であり、その世界は多くの気質《きしつ》・学派・判断・意見・法律・習慣があり、これらはまさに健全な判断か否か教えてくれる鏡・教科書」と書いています。

モンテーニュは、好きな本を繰り返し読んで自分の見識を高め、批判力を養ったようです。

十七．殺人への忠告（二〇一四年八月）

七月二十六日㈯に佐世保で女子高生が同級生を殺害するという事件がありました。同様の少年・少女の殺人事件で衝撃的だったのが、神戸市で起こった酒鬼薔薇聖斗と名乗る十四歳の中学生が児童を殺害した事件でしたが、いずれも未成年者が殺人を犯しただけでなく、遺体を切断するというショッキングなものでした。

前回紹介したモンテーニュ（一五三三〜一五九二）の「エセー」、三巻あるうちの一巻を読んでいましたら、まさに殺人の事が書いてありました。彼は、獣に向かって血を流す行為を好む性質の人々は、残酷に対する生来の傾向があることを証明しています。既に十六世紀の思想家が忠告しているのです。

モンテーニュはボルドー市長にまでなった人物で、当時のいわゆる貴族階級ですが、吉田兼好や鴨長明のような、時に無常観を漂わせます。モンテーニュは知識が大変豊富で、ギリシャ哲学をはじめとする考えを持ち、ソクラテスを崇拝していたそうです。

そんな文化系ですが、狩猟もしたようです。しかし捕った獲物は後で放していました。それは古代ギリシャのピュタゴラス（前五八二頃～四九七　ギリシャの宗教家・哲学者・数学者）が、漁師や鳥刺したちから獲物を買い取り、同じようにしていたことに影響されているのかもしれません。

佐世保の少女は、そういった生命を愛《め》でる気持ちが機能しなかったのでしょうか。モンテーニュは、そんな判断力の重要性を指摘し、判断力は読書と経験によって養成されると書いています。

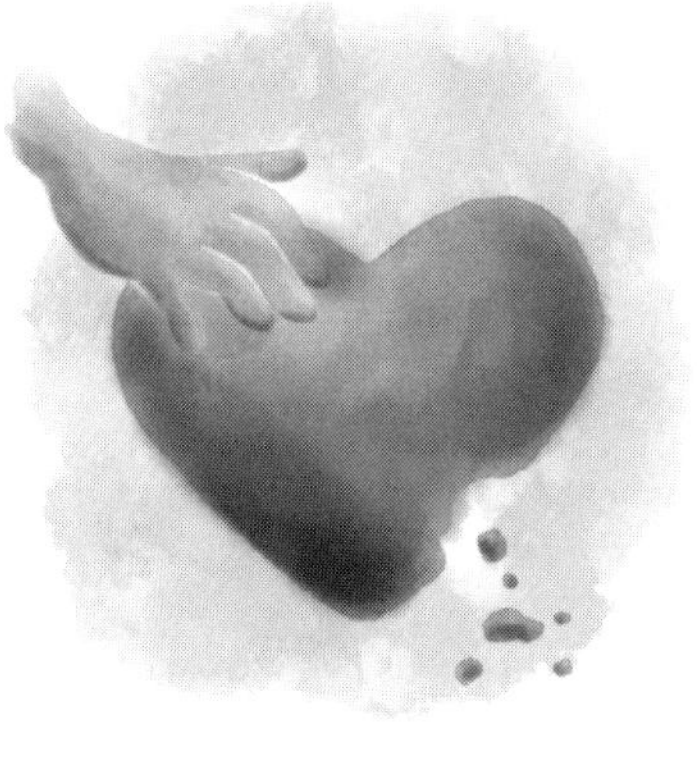

十八．『ヒロシマ』（二〇一四年八月）

二年前、二〇一二年八月はIPPNW世界大会を広島で開催し、皆さまのご協力のお陰で盛況裏に終えることができました。今年はカザフスタンのアスタナで八月二十七日㈬から開催され、われわれも八月二十四日㈰に日本を出発します。

私は意識を高める意味を含めて、核兵器廃絶の原点の一つでもあるジョン・ハーシーさんの書籍『ヒロシマ』（一九四九、法政大学出版局、二〇〇三年7月増補）を紐解きました。ジョン・ハーシーさんは従軍記者として一九四六年五月に原爆投下後の広島を訪れています。そして、六人の被爆者から体験談を聞き、英文で週刊雑誌ニューヨーカーなどに投稿。センセーショナルな反響を呼び、これが引き金となって、アメリカにおける核兵器廃絶への平和運動が行われた歴史があります。

この本に登場する六人の被爆者ですが、一人は日赤の外科部長であった佐々木輝文先生で、被爆後の治療活動を話されています。もう一人も医師で藤井正和先生。京橋近くの開業医で、川に面した建物でした。もう一人は有名な流川協会の谷本清牧師です。さらにドイツ人のユリヘルム・クラインゾルゲ神父。この方は日本に帰化され、高倉真という日本国民としての名前も持たれた三篠教会の方。あとの二人は佐々木とし子さんと中村初代さんです。

非常に事細かに被爆体験を紹介されています。これを読みながら、思い出したのが京都大学出身で広島大学教育学部の教授である長田新先生による「原爆の子」。子どもたちが書いた手記のまとめです。上下二冊（二〇一〇、ワイド版岩波文庫）を持っておりますが、あまりにも悲惨な内容で、全部を読めませんでした。

ハーシーさんの本に戻ります。

この本の中で原子爆弾をどう翻訳しているかといいますと、Atomic Child bomb。日本人には分かりやすい表現ですが、これが本当に通用していたかは分かりません。Original Child bomb という表現もありました。

十九．ＩＰＰＮＷ世界大会（二〇一四年九月）

第二十一回ＩＰＰＮＷ世界大会は、八月二十七日から二十九日にかけてカザフスタンのアスタナで開催され、広島県から十三名、日本支部を合わせて総勢十五名で参加してきました。カザフスタンは天然資源が豊富なお陰で資金が充分な国のようで、公共施設は壮大で豪華な建物が多く見受けられました。しかしまだまだ発展途上のところもあるようで、素晴らしい建物があるかと思えば、そうでない場所もあります。国の財政事情はいいのでしょうが、国民すべてが豊かになっているようには見えません。また街並みの一部は、どことなく中国やモンゴルの繁華街によく似た場所もありました。

今大会におきましても、様々なセッションが準備されていましたが、被爆者の証言がプログラムに見受けられません。われわれ広島の医師としては、核兵器廃絶の原点である原爆被爆者の証言は入れていただきたかったと思います。

私は二〇〇四年の北京大会と、二〇〇六年のフィンランド大会に参加したことがあります。フィンランド大会はかなり古い建物で、北京大会は北京大学の看護学校の教室を利用して、いずれも質素な会場でしたが、内容は核兵器廃絶だけでなく多岐にわたり、冷戦構造から新時代に向けた大会であった印象を持っています。中でも北京大会では、われわれの先輩医師であり被爆者でもある方の証言講演がありました。

ＩＰＰＮＷ世界大会は毎回テーマがあります。今大会の全体会議のテーマは、一日目の二十七日㈬に一番「核兵器の人道的影響」、二番「公衆衛生危機としての武器を使用した暴力」。二日目の二十八日㈭に三番「セミパラチンスクでの核実験の生物医学的・生態学的影響」、四番「健康、環境、安全保障に対する核チェーンの影響」。そして最終日の二十九日㈮には五番「核兵器廃絶に向けた政治的プロセス――ＩＣＮＡと核兵器禁止条約」、六番「ＩＰＰＮＷを前進させるエネルギーと創造性のマルチメディア祭典」でした。

今大会の大会長はＩＰＰＮＷカザフスタン支部長のアバイ・バイゲンジン氏。この方は二年前の広島大会時に、わざわざカザフスタンからお土産として郷土色豊かな掛け時計を持ってきてくださいました。

そんなこともあり、このたびは日本からお土産として熊野筆を持ってまいりました。なんと訳せばいいのか分かりませんでしたが、何とか通じ、快く受け取ってもらうことができました。

いずれにしましても、核兵器廃絶に向け、世界の医師たちと手を携える素晴らしい大会でした。

第二章　心《しん》

一・月（二〇一四年九月）

甚大な被害をもたらした広島土砂災害。いまだ多くの被災者が避難されている現状を思うと胸が痛みます。

このような災害の中で広島の夜空を見上げますと、昨日は中秋の名月。本当に綺麗な月が出ていました。これと同じ月光が被災地も照らしている、被災者の方々はこの月を見てどう思われているのか、そう考えると感慨深いものがあります。

月に関して、私が好きな和歌があります。永平寺の道元禅師（一二〇〇～一二五三）が詠まれた歌です。

また見んと　思いし時の秋だにも　今宵の月にねられやはする

『道元・盤珪・白隠の療病哲學』（青木茂、一九四三、童心房）によると、道元禅師の晩年はおそらく結核だったのでしょう、五十三歳で亡くなっています。亡くなる少し前に京都へ行って療養したようですが、当時の結核ですから最終段階に入ってからの治療は望めません。そうした道元禅師が、療養先の京都で中秋の名月を見て詠んだ和歌です。

この和歌を紹介している『道元の和歌』（松本章男、二〇〇五、中央公論社）では、「八月の十五夜の満月を、京都で再び見る秋がこようとは思いもしなかったのに、その秋が来たのであるから、今宵は月を眺めあかしたいと思う。眠れますまい」と解説しています。

私としては、自らの死を悟っておられたのでしょう。来年もう一度見たいと思うほどの素晴らしい中秋の名月なのに、自分の病のことを考えると、この美しい名月はもう見られないであろう。そう思うとますます眠れなくなるといった意味だと解釈しています。

名月を見ると、思うことはいろいろあるものです。

二・字源（二〇一四年九月）

二〇〇六年に亡くなられた漢文学者で東洋学者の白川静氏を御存知ですか？

白川氏が著された字源三部作（字読・字訓・字通）は有名ですが、一般向けに漢字の成り立ちを示した辞典『字源』（一九八四、平凡社）は、推理小説のように面白い本です。私は常に手元に置いて、何かあれば引っ張り出して読んでいます。

また、白川氏の『桂東雑記Ⅱ』（二〇〇四、平凡社）は対談形式で、皆さんもよく御存知の『三国志』で有名な宮城谷昌光氏も出てきます。

宮城谷氏も、ものすごく漢字を知っておられる方です。『桂東雑記Ⅱ』を読んでみますと、師弟関係ではありませんが、宮城谷氏は白川氏の自宅に伺ってはいろんな話を聞いています。筆写（聞き書き）ノートが腰の高さまでになったと言い、筆写をすれば小説家になれる（笑）とも言っています。そこまで漢字に対して執着している宮城谷氏の姿勢を知り、難しい言葉を使いこなせるようになって初めて自分の文章が書けると感じました。

宮城谷氏は、難しい漢字を使うために、白川氏から字源を充分に教えてもらって、漢字の成り立ちを理解した上で、小説の中で自由自在に使えるようになったのでしょう。

文芸評論家の小林秀雄氏もまた、難しい漢字を使います。小林氏の最初の随筆は『蛸の自殺』（二〇〇二、小林秀雄全集第一巻、新潮社）というものですが、まだ二十歳頃の作品にもかかわらず、とにかく難しい漢字が並んでいます。読んでいるうちに腹が立ってきて、こんな難しい字を使う必要はない、もっと簡単な字を使えと、逆に私が簡単な字に修正した覚えがあります。

白川氏は『桂東雑記Ⅱ』の中でヤドカリの弁を記しています。

ヤドカリが自分の体に合った貝殻を見つけて住み着くように、人生においてその時々に自分に合った貝殻を求めていく姿勢。自身の愛読する詩歌を例に挙げ、服部担風主催の「雅声」、中野逍遥遺稿集、漱石の漢詩、陶淵明、蘇東坡、牧翁等々に変遷したことを紹介し、このような作品を見つけ出すことも、文雅に遊ぶ一つの方法かもしれないと述べています。

白川氏によれば、もともと言葉は人が神と話をするために使われていたもので、それが文字になり漢字になったと説明します。

調べてみますと、「言」とは神に向かって神に対して言う言葉、直言を意味し、「語」は論ずるを意味します。「誓」は約束することで、言に従う折の聲である。折は誓いのときに木や矢を折ったり、糸を結んだりする。故に折は「折《さだ》む」と読み、結んだ糸を「約」という。約を守ることを「哲」というのです。

このような漢字の成り立ちと、その意味を深く理解していくのが白川流で、甲骨文字や金字など青銅器に書かれた文字を綿密に研究され、多くの講演や出版をされています。『桂東雑記』はⅠからⅤ巻まであり、私はⅡを読んだにすぎません。

最後に、白川氏が九十四歳の時に感激しながら味わった蘇東坡の句を紹介します。

無數《すう》の青山、水、天を拍《う》つ

自分の前途には無数の青山があって、水が天を拍つような厳しい世界がまだまだあるであろう。そんな世界でも自分はしっかり苦難に打ち勝っていくという意味の句のようです。

九十四歳の白川氏が、まだ日々勉強をし、句に感動しながら生きている。私たちにもいろんな苦難が目の前にありますが、共に打ち勝っていきたいと思います。

三．醫訓（二〇一四年九月）

ここに大きな横長の額「大日本醫訓」があります。先日、広島市内にお住まいの方から広島県医師会にご寄贈いただきました。この方の祖父、父が医師でいらっしゃったようですが、どのような経緯で入手されたものか分からず、蔵に眠っていたということでした。

この「大日本醫訓」は一九四四（昭和十九）年一月一日に稲田龍吉先生が書かれたものです。稲田先生は細菌学の研究をされた九州帝国大学（現九州大学）医学部第一内科の初代教授で、一九四三年から一九四六年には日本医師会長も務められ、文化勲章も受章されています。九州大学のキャンパスには稲田龍吉先生の銅像や「稲田通り」という通りがあるほど、九州大学にとりましては誇りであり、われわれ日本人にとりましても医療倫理の先哲であると理解しています。

頂いた「大日本醫訓」の額はかなり傷み、紙も茶色になっています。一九四四年といえば私より若いのですが、日々細胞が再生されるわれわれ生物と、再生されない人工物との差を感じます。

一九四四年ですから、まさに戦中に書かれた八項目の醫訓ですが、これを訳して読みやすくした資料がないか探してみたいと思います。非常に貴重な資料を頂きましたので大事にし、この醫訓の精神を持ってわれわれの人生あるいは医師会活動を歩んでいきたいと考えております。

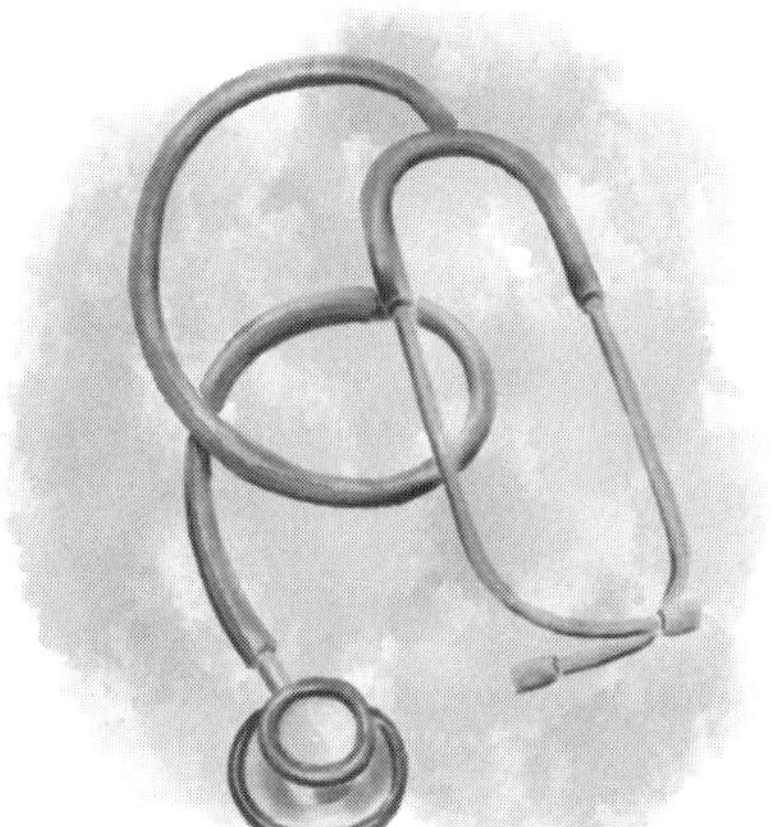

四．一如（二〇一四年十月）

御嶽山《おんたけさん》の噴火による災害で子どもたちが亡くなったニュースを聞きますと、大変心が痛みます。改めて自然の怖さとともにその偉大さを思いました。亡くなられた方が出たことは本当に不幸なことですが、自然の中に溶け込んでしまう悲しさと同時に威厳さも感じます。

仏教の世界では、自然と人生の一如（一体化）といった考えがあります。大きな山を遠くから見ると人間の陰など全く無視される存在です。そこに人がいると見るのではなく、山があると見ます。それ故、山の存在を謳《うた》って、山と人とは一心一体（一如）であると表現します。山の中では人の存在など消えてしまうような自然の偉大さを感じるのです。

正法眼蔵には、人が悟れば山も悟る。人間が修行して悟りを開けば、全世界が悟りの世界になるという表現もあります。正法眼蔵の山水経の中には、自他の区別がありながら、一つの己になる（一如）、自己が物そのものになりきる、人と山が一体になる、そのような自然の見方が書かれています。
自然と人間とのかかわりに思いを巡らせました。

五．言志四録（二〇一四年十月）

昨今、自身の不注意から大臣が続けて辞任するという、大変残念な事態が起こっています。

そこで政治を司る者が心しておかなければならない事をまとめた『言志四録』を紹介したいと思います。著者は、佐藤一斎氏（一七七二〜一八五九（八十八歳没））。江戸幕府の昌平黌《しょうへいこう》の儒官（総長）で、現在でいえば東京大学の総長クラスの経歴の方です。

『言志四録』は言志録、言志後録、言志晩録、言志耋《てつ》録の四編に分かれ、一斎氏は儒学者ですので、儒教を基にまとめられています。

この本によれば、政治を司る者が心しておかなければならない事柄は五つ。一番目が「軽重《けいちょう》」。何が大切で何が大切でないかを見極めること、そして大切なことにどの程度の比重を置くか。一斎氏が指摘する「軽重」は、特に財政上のことを指し、どの分野に予算を投入するかの軽重を見極めることの大切さを説いています。

二番目は「時勢」。時代の動向を充分に認識しておくことです。

三番目は「寛厚《かんこう》」。ありきたりのことですが、情愛が深いことを言っています。政治を司る者はやはり、人情豊かでなければいけません。

四番目は「鎮定《ちんてい》」です。騒乱を鎮めて平和を保つということで、そういうことを念頭にした政治家でなければいけないと言っています。

五番目は「寧耐《ねいたい》」。これは忍耐のことです。

これら五つのことをわきまえて政治を行いなさいということですが、われわれも『言志四録』の五訓を心しておかなければいけないと思います。

六．〝歩く〟と〝読書〟（二〇一四年十一月）

最近は朝の散歩を再開し、体重を減らす努力をしています。秋も深まり、歩道の木漏れ日が本当に素晴らしく、夏のモヤッとした空気ではなく、カラッとした大気を通り抜けた鋭い光を感じます。

「歩く」ということから、『読者の腕前』（二〇〇七、光文社新書）という本を紹介しましょう。筆者の岡崎武志氏は、大阪府出身のフリーライターで書評家だそうです。文中に、詩人の長田弘氏の『読者のデモクラシー』（一九九二、岩波書店）の一説が引用されていました。

「歩く」ことについてです。

長田弘氏は「歩くということは、自分が自分から抜け出してきた感じをもって、いろいろなキズナから解き放たれた感じをもって、一人の自由な孤独な人間となって歩くことだ」と言っています。

対して岡崎武志氏は、「歩く」を「読書」に置き換えると、「読書の本質をあまりにも見事に言い当てていることに驚く」と言うのです。そして「自分が自分から抜け出してきた感じという表現には感電した（ような）ショックを受けた。まさに読書ってそういうものなんだ」と。また続けて、歩くことには「ながら」が利かない。歩く時には歩くことに夢中になり、歩きながら何かをすることはなく、読書も同じで、読書をしながら何かをすることはないと言います。

さらに岡崎武志氏は、イギリスの小説家、ジョージ・ギッシング氏（一八五七〜一九〇三）の小説『ヘンリー・ライクロフトの私記』（平井正穂訳、一九五一、岩波文庫）は有名な本で、読書人の棚にないことはありえないと指摘していますが、私もいつか読んでみたいと思っています。

この本の主人公ヘンリー・ライクロフトは歩きながら花を愛でます。しかも単に愛でるのではなく、花を固有の名前で呼んでやりたいといい、一つ一つの花に挨拶をする。「読書」にも全く同じことが言えると岡崎氏は書いています。

歩くことと読書が似ていると思うと、ますます読書も歩くこともやってみようという気持ちになります。

七．無私（二〇一四年十一月）

忙しくなると、ほかの事をやりたくなるのが私の性分で、昨日もついつい遅くまで読書をしてしまいました。最近転居した私の家には小さな寝室兼読書部屋があります。ベッドと本棚が置いてあるのですが、本が増えてくるとベッドの上にも本を置いてしまいます。お陰でベッドの両側に本を置いたまま、真ん中で朝まで本を崩さず上手に寝る術を身に付けました。

ここ数日は、ベッドからすぐ手の届くところに、小林秀雄全集（全十四巻）を置き、何とか全巻を読もうと苦闘中です。その際、注目すべき言葉を見つけましたので、ご紹介したいと思います。

『考えるヒント（上）』（小林秀雄、二〇〇四、新潮社）の中に「無私の精神」という小文があります。小林秀雄氏は評論家でもあり、交際が広いところから、ある実業家の話を披露しています。

この無口な実業家には口癖が二つありました。

一つは、人が何か主張したときに「御尤《ごもっと》も」と返すのです。もう一つは「ご覧の通り」という言葉で、追及されて弁解をしなければいけないときにこう言って説明します。

この「御尤も」と「ご覧の通り」という言葉を、返答の冒頭で使うと、それ以上の追及や説得ができなくなるのだとか。実業家として成功する人は、強く自己主張を通す人と思われがちですが、本当の意味の実業家は実行できる人と小林秀雄氏はとらえ、実行できる人は自己主張とは反対に無私な人だと言っています。

簡単に言いますと、物の動きを尊重して自己を日々新たにすることができる人が、本当の実業家で、そういう人を大切にしたいということ。物の動きに順じて自己を日々新たにするということは、ある意味で自分を捨て去ることです。簡単に捨て去って次の事に進むには勇気が必要ですが、捨て去ることは自己に執着しないということ。それが私心のない「無私」なのです。

物事を実行していく上で、ただ強引なやり方が必要とされることもありますが、小林秀雄氏は「力に執着せず、心を無にして日々新たに、物事の変化に順応して対応していくこと。これが本当に物事を実行する実業家である」と書いています。

「御尤も」と「ご覧の通り」そして「無私の精神」、加えて「傾聴の精神」を持って、心から「御尤も」と言える会合ができるといいと思います。

もう一人、「無私の精神」を大切にした人に、唐の第二代皇帝・太宗《たいそう》がいます。太宗は第二代という難しい立場であり、また国をさらに本格的に造り上げていくと同時に次代につなげていくという大きな責務を担っていました。第二代皇帝ですから、太宗は権力志向だろうと想像しましたが、意外にも彼が統治した何年かは「貞観《じょうがん》の治」といった善政が行われた時代でした。

その太宗が残した言葉をまとめた『貞観政要《じょうがんせいよう》を読む』（疋田啓佑、二〇〇七、明徳出版社）という本があります。

それを読むと、太宗の取った行動の一つに「諫言《かんげん》を容易に受け入れた」というのがありました。本来は皇帝に対して諫言を呈することは、首をはねられかねない行為となりますが、太宗はその諫《いさ》めの言葉を充分に受け入れたといいます。唐の第二代皇帝は非常におおらかな気持ちの持ち主だったようです。

太宗が一番に言った言葉が「無私」、私心がないということ。自分のために組織を動かすとか、自分の利益のために自分が動くということではなく、公共のために動くということです。

太宗皇帝も「無私」を充分に理解して行動し、民衆からの支持を得ていました。

われわれもあらゆる場において、「無私の精神」を忘れないようにしたいものです。

八．前頭葉を鍛える？（二〇一四年十一月）

大学時代の恩師である広島大学の津下健哉名誉教授の言葉を紹介します。以前頂いたお手紙に「私は医局員を同僚と思ってこれまでやってきた」と書かれていました。これは、浄土真宗の親鸞の言葉をまとめた鎌倉時代の仏教書『歎異《たんに》抄《しょう》』第六章の「親鸞は弟子一人ももたず候」に通じる言葉ともとれます。

その親鸞を研究された仏教思想家に金子大榮先生がおられます。先生は広島大学の前身の旧制広島文理科大学の講師経験を持ち、大谷大学の名誉教授も務められた方です。

この金子先生の『金子大榮対話集』（一九七九、彌生書房）を読んだ時、道元禅師の『正法眼蔵』の修業力を思い出しました。御存知、道元禅師は曹洞宗で、金子先生は浄土真宗です。しかし、宗派は違えど、同じような事を仰っています。

金子先生の「対話集」の対談相手には鈴木大拙《だいせつ》氏、古田紹欽《しょうきん》氏等々、禅宗のそうそうたる研究家もいらっしゃいます。

その中で金子氏は「修行はしようと思って…するものではない。日常生活をしているとそれが修行に…なるのだ」と言います。要するに日常生活の中に人として成長するための修行があるということです。道元禅師が言う「日常生活が修行である」と全く同じであり、金子先生は道元禅師にも精通しておられると感じました。

ということは、結局われわれは日常を真面目にやっていれば、それが自然と修行になる。そして物事に対処する場合に「無私の精神」で執着することなく、「日々新たなり」で変わっていければいいのです。物事に執着すると、変わろうと思っても変われません。

最後にもう一冊紹介します。

『足るを知る』（中野孝次、二〇〇四、朝日文庫）。この中に登場する脳神経外科医・有田秀穂氏が、自殺者の脳を調べたら前頭葉の外側に障害があることが分かった。前頭葉の外側とは新たなものに挑戦していくこと、あるいは物事を変えていく能力を発揮する部分で、障害があると良い方向に物事を考えず、また良い方向に変化する力も欠け、自殺に至ると、脳生理学者として結論を出されていました。

前頭葉を鍛えて日々新たに、いろんな物事に対処していくことが大切であると分かりました。でも、前頭葉はどうやって鍛えたらいいのでしょうか？

九．失敗学（二〇一四年十二月）

私は前著のサブタイトルを「修行力」としました。これは、物事を一生懸命にやっておれば、それが「修行をする」ではなく「修行になる」。何事も頑張っていれば、いつの間にかそれが修行になるという仏道にも通じると考えたからでした。

しかし、そういう修行を積み重ねても、人間ですから失敗することは必ずあります。そんな失敗を力に変えて、また挑んでいくことも必要であろうと思い、次は「失敗力」をテーマに本を書こうと考えつきました。

先日東京の書店で「失敗」をキーワードに本を探してみますと、もうたくさん「失敗」のタイトルを冠した本が並んでいます。例えば、『使える失敗学』は東京大学名誉教授の畑村洋太郎氏の本です。京セラの会長・稲盛和夫氏も『成功と失敗の法則』という本を書かれています。「失敗力」という言葉は私が最初ですが、世の中に「失敗」について書かれた本はたくさんあって、失敗をテーマにもう書けないなと思いました。まさに「失敗」です。

さて『使える失敗学』は、失敗から学ぶことを上手にまとめています。

失敗学で特に重要なことは、失敗したらその原因を分析しろということです。失敗の原因を分析すると、一つ目は未知の現象であったためで、全くその事柄をこれまでに経験したことがないことに挑戦した場合の失敗です。二つ目は自分が無知であったためで、未知とは違って無知、自分が知らなかった場合の失敗です。三つ目は不注意であったためで、これは過労や体調不良などの不注意による失敗です。四つ目は手順を誤る不遵守による失敗で、五つ目は判断を間違った失敗。これらが失敗の大きな原因と書いています。

いずれにしましても、個人の責任追及より原因究明に努力して、失敗を分析し、その失敗をまた新たな創造の力に変えていく。そんな組織であり、個人でなければなりません。

十．原田東岷先生（二〇一五年一月）

一九五九年から四年間、広島市医師会の会長を務められた原田東岷先生の『ひろしまからの発信』を読みました。

原田先生は六冊の本を書かれていますが、ご承知のように反戦・反核活動を熱心に行われました。私が最も覚えているのは、「原爆の乙女」と呼ばれた被爆女性のケロイドの渡米治療に付き添い、自らも外科医として被爆者治療に携わられたということです。

この本を読みますと、まさに広島市医師会の創成期時代が書かれていて、当時の活力がみなぎり、苦労話ではなく当然のことといった感じがします。原爆被爆者対策協議会を一九五三（昭和二十八）年に創設されていますが、一九四七（昭和二十二）年の新制広島県医師会や広島市医師会の社団法人化、内科医会や医科学会の創設にも携わられ、現在の医療界のシステムの基本をつくられた方だと思います。

当時は叙勲の話もあったようですが辞退され、広島名誉市民賞だけ頂かれたそうで、これは年の功で受けたと謙遜されています。大きな功績があるにもかかわらず、原田先生は自慢的表現もされず、歴史の事実を淡々と記述されていて、広島の医療界の歴史を学ぶ上で読んで良かったと思える本でした。

原田先生は一九九九年に八十七歳で亡くなられましたが、この『ひろしまからの発信』は八十一歳の時に出版されたものです。読み終わった後、心に最も残った言葉がありますので紹介します。

第六節・神話と人生の中で「八十年余りのわが人生を振り返ってみると、人間の生涯または人生の意味というもの、私にはいまだにさっぱり分からない。誰もがそうなのであろうが、分からないまま〝配給された〟年月をそこそこに頑張り、あるいは粘って何かを残し、あるいはキレイさっぱり何にも残さず何かを割り切ってさよならをする。それが大多数の人生であろうか」と言われています。

われわれ広島の医師の大先輩の言葉に、身が引き締まる思いがしました。と同時に原田先生の偉大さを改めて実感した読後でした。

十一・誠実（二〇一五年一月）

私は何度も同じ本を読む癖があり、今回もまた何度も読んだ島崎藤村の随筆集を手に取りました。私は随筆集が好きで、森鴎外などいろんな作家の作品を読みましたが、中でも島崎藤村は最高レベルだと思っています。これを読むと本当に藤村の誠実さが伝わってきますし、読むとぐっすり眠れます。

ちなみに藤村は、北村透谷《とうこく》という数寄屋橋のスキヤ（透谷）をもじったユーモアのセンスあふれる名前を使う評論家・詩人（二十五歳という若さで自殺）や二葉亭四迷などと親しかったといいます。

さて、藤村の随筆の小題「春を待ちつつ」では、寒い冬でも地面の下には草花の芽が萌えいずりつつあると言っています。表題とともにグッと惹かれる内容です。

さらに読み進むと、「誠実」をテーマにした随筆がありました。まさにそうだなと、感じ入ったものです。

藤村は書いています。

「すべてのものは、過ぎ去りつつある。その中にあって、多少なりとも誠を残す者こそ、真に過ぎ去ると言うべきである」

これを解説者が「ある価値自体よりも、それにかける誠実さが大切なのであり、その誠実さを発揮して、人の記憶に留まることが真に過ぎ去るという意味である」としています。

誠実とは自分だけのものではなく他人が評価するもので、自分が誠実と思っていても人はどう思うか分かりません。

結局は過ぎ去った後になって、逆にハッキリとその価値が分かってきます。故に今を誠実に生きて対応していかなければ、過ぎ去ったものの本当の価値を認めてもらうことはないでしょう。

私も藤村の言葉に恥じぬよう、今を大切にして誠実に物事に対応していきたいと思います。

十二．ありがたさ（二〇一五年二月）

私は帰り道、原爆死没者慰霊碑にお参りし、お祈りをします。広島第二中学校の慰霊碑は川沿いにありますので、川に向かってさらにお祈りをします。広島二中の悲劇は御存知かと思いますが、一年生三百四十四人と教職員八人全員が亡くなっています。お参りをするたび孫の顔が浮かんで心が痛むのですが、この思いは広島市民ならずとも世界人類が共感すべき、過ちを繰り返さない誓いとしなければなりません。私はこれからもお参りを続けます。

さて良い事をすると必ず良い事があります。

お祈りしての帰り道、立ち寄った古本屋で、以前から欲しいと思っていた金子大榮氏の本に目が留まりました。『ありがたさについて』（一九九八、コマ文庫）です。一八八一（明治十四）年生まれの金子先生が「ありがたさ」をどう表現しているかというと、「ありがたい」ですから「ある」こと「がたし」。つまり存在することが難しいという意味です。存在することが難しいのに自分は存在している、ありがたいという考え方だと私なりに解釈しました。

金子氏が言わんとする「ありがたさ」は、哲学的で大変難しく、「ありがたい」の言葉の奥底には哀しみがあると言っています。思い出のある歌には哀しみがある。哀しみを通して、そこに喜ばせていただくことがありがたいという実際感情ではないかとも言っています。

「存《あ》る」ことは生かされていること。世界には私というのはただ一人しかいません。すなわち「存ることがありがたい」のであるから、私としての存在そのものが、ありがたいのだと思います。

また「分をわきまえなさい」といい、身分や職分や性分といった分のわきまえを、仏教学者らしく解説、分を尽くせば、必ず良い事が待っていると言っています。

金子大榮氏は「分限の生活」の中で、分を尽くして用に立つ、すなわちその分だけのことをなし遂げておりさえすれば、それが世のため人のためになり、用に立つことであると述べています。それを自然界に置き換えて、山は山の分、花は花の分としてその場所を与えられてそこで用をなす。つまり山は山として分を尽くしている。花は花として分を尽くしているということ。

自然も人間も、皆それぞれが与えられたその場でしっかりと分をわきまえて用をなせば、それが世のため人のためになるということでしょう。

われわれも今置かれた立場で、分を尽くし、しっかりと用をなしていきたいと思います。

十三．死について（二〇一五年二月）

昨晩、十年くらい前に読んだ本を読み返しました。

池田晶子さんの本『知ることより考えること』（二〇〇六、新潮社）。慶応大学文学部哲学科出身の著者は、本の写真によるとかなりの美人ですので、写真を見て本を求める人も多いのではないでしょうか。

一九六〇年生まれの池田さんは、この本を出版した翌年、四十六歳という若さで腎臓がんのため亡くなりました。書店で池田晶子さんの死亡記事を見て、驚いたことを覚えています。

『知ることより考えること』には、死について、いろいろと書いてあります。若いのになぜ死について書くのかなと思いましたら、一年後には亡くなった。亡くなる一年前に書かれた本ですから、おそらく執筆中にはがんと闘われていたのでしょう。

池田さんは、「一人称の死はない」と言っています。この考え方は他の本でも読んだ記憶がありますから、必ずしも池田さんが考えたことではないのでしょう。死は一人称ではなく、死の瞬間は自分が死んだという実感はない。そういう意味で、死は二人称とか三人称的なものであると自分を慰めている感じがします。

この本をもう一度読む気になった理由は死のことではなく、今朝の厳しい寒さから、寒い日々を過ごす考え方を求めてでした。

人は皆一緒で、寒い冬は寝床から出るのが辛いものですが、彼女もまた寒い日は起きるのが辛い。しかし、犬を飼っているので、どんなに寒くても犬を連れて散歩したと書いています。その散歩後の爽快感とやり遂げた達成感を語っています。

私も同じく、寒くても京橋川沿いを毎日歩いています。三十分かけて病院にたどり着いた後の爽快感は、確かにいいなと思います。

十四．愛語（二〇一五年二月）

仏教用語に愛語という言葉があります。道元禅師の『正法眼蔵』の中でも、大変細やかな道元禅師らしく、その意味が事細かに示されています。

「愛語」とは、まず人々に慈愛の心をおこし、顧愛《こあい》の言語を施すこと。相手を気にかけて思いやり、人に優しい言葉をかけなさいと説いています。

『正法眼蔵』の解説者である水野弥穂子《やおこ》さんは二〇一〇年に亡くなられましたが、大変有名な仏教学者です。世の中に『正法眼蔵』の解説書はたくさんありますが、そのものの解説を『正法眼蔵全四巻』（一九九三、岩波文庫）としてまとめられています。水野さんの別の解説書『正法眼蔵を読む人のために』（二〇〇〇、大法輪閣）を読みますと、愛語の心を常に持つ難しさと大切さを見事に解説されていました。

正法眼蔵の中の愛語は仏教の修行者に向けた言葉で、憎しみとか憎悪のある人間に対して、愛語的な慈愛のある言葉をかけることは、普通の人にはなかなかできないと書かれています。しかし、相手にかける言葉は非常に大切ですので、傷つける言葉よりは、優しい慈愛のこもった言葉をかける修行をする。そんな訓練をしているうちに、自分自身も本当の意味で慈愛の心を持った人間になれるし、愛語の言葉をかけてもらった人も、また徐々に心が変わっていく。愛語とは仏道の修行であったと説かれています。

「愛語」の文字を、西郷隆盛か良寛（一七五八〜一八三一）の本のどこかで見たことがあると思って探したところ、『良寛』（吉野秀雄、二〇〇四、アートデイズ）の裏表紙に、良寛直筆の正法眼蔵内の愛語の写しを見つけることができました。片仮名を交えた素朴な書体で、人柄が偲《しの》ばれます。

われわれも、愛語を持って行動していきたいものです。

十五．心の窓（二〇一五年三月）

司馬遼太郎氏の『風塵抄』（一九九一、中央公論社）の目次に「窓をあけて」というタイトルがあります。「窓のない思考」を解説した文章ですが、中に気になる表現がありました。

窓のない思考というのは、自分の思いに浸り込んでしまって、周りが見えない自己中心的な姿のことなのですが、気になる表現というのはこうです。

「自分と倫理が一体になって自己旋回していくのは、水中の感覚のように甘美でさえあるが、結論は大抵ろくなことはない」

この旋回していく水中の感覚が甘美でさえあるとの表現に引っかかりました。

実は五、六歳の頃、私は海に沈んだ経験があります。四、五メートルの海中に沈んで上を見ると、水面が太陽の光を吸収して真っ青に輝いていました。意外に冷静で、その光景が空のように見えたのです。私の場合は旋回せずに上を向いて沈んでいったのですが、甘美というよりは無意識で怖さもなく、そっと底に沈んでいきました。もうあと二十秒くらい沈んでいれば死んでいたことでしょう。ところが当時の海は綺麗ですから、沈んだ私を小学生が発見してポンとお尻を持ち上げ、助けてもらいました。

私が沈んだ話はリアルな現実ですが、司馬氏が言いたいのは、心の中で水中を自己旋回する感覚が甘美と思うほど一人で物思いに沈むとろくなことがない。だから心の窓を開けなさいということでしょう。

その閉鎖的な思考を、旧日本軍あるいはナチスドイツ流の知識人の考え方を例に挙げ、窓を開けた思考が大切だと示唆しています。私たちも心の窓を開けた生き方をしたいものです。

司馬遼太郎氏は『風塵抄』の中で、数寄屋橋の「数寄《すき》」は「好き」をもじった当て字と言っています。佐竹温知の『西行求道の境涯』（二〇一〇、春秋社）によれば、西行（一一一八〜一一九〇）は作歌の基本として「歌はすきのみなもとなり。心のすきてよむべきなり。（蓮阿記）」とし、「数寄」を使っています。西行の数寄は俗念がなく清く澄んで、ものをありのままに見る心にほかなりません。物事を始める時には、西行の言う「数寄」を心しておかなければならないと思います。

十六、社会的共通資本（二〇一五年三月）

先日、東京へ出張の際、書店へ赴き、売れ筋のテーマを求めて店内を三十分あまり歩きました。見つけたのが、昨年亡くなられた東京大学名誉教授で経済学者の宇沢弘文氏の『社会的共通資本』（岩波新書）です。

ここで社会的共通資本について簡単に説明してみましょう。自然環境とか都市、農村、あるいは教育、医療、金融がそうですが、生活のインフラである上下水道や鉄道、電力、通信なども社会的共通資本となります。要するに、公共的なものが社会的共通資本です。

宇沢氏の書かれた中で、医療の項目を読ませていただくと、提言がありました。

政府は、地域別に病院体系の計画を策定して病院の建設管理のために必要な財源処置をとるべきであり、職業的専門家を育成したり、医療施設の建設あるいは検査機器の充実や医薬品の供給などにも配慮すべきであると。地域別に医療体系の計画策定とは、まさに地域医療ビジョンそのもので、なるほど政府の方針はここからできているのかと思いました。

宇沢先生の仰っていることで一番すごいと思ったのは、国民医療費と国の経済を考える場合に、国の経済を考えた上で国民医療費を決めるという従来のシステムではなく、国民医療費に国の経済を合わせるという考え方でいかなければ、医療は良くならないという主張です。

何の抑制もなく医療費を使っては、国の経済がもたないと考えてしまいますが、宇沢先生の主張は今までになかった、国民医療費に経済が合わせていくという革新的なもの。これが実現されれば素晴らしいことです。

もう一つ、なるほどと思ったことは、現在の点数制の診療報酬制度について。例えば医師も看護師も技術料が全く評価されていません。若い人も年取った人も、あるいは専門家も非専門家も全く同点数です。技術料の評価は充分にすべきで、全く無視しているのは問題であると指摘されています。

現在の診療報酬制度を長期間にわたって続けた場合、われわれが望む医療を行うことはほぼ不可能であると断定もされています。

宇沢先生に、もう少し長生きしていただいて、いろんな指導、指針を得たかったと思いました。

第三章　徳《とく》

一・園遊会（二〇一五年四月）

昨日、赤坂御苑で開催された春の園遊会に、妻とともに出席させていただきました。新聞によりますと、園遊会被招待者数は二千五百六十五名、大変多くの方の出席があったようです。

赤坂御苑にある沢山の池の周りに招待客が立ち並び、そこを天皇陛下が回られ、お昼から一時間近くにわたって、謁見されます。陛下は出席者の前で何度も立ち止まられて、優しい笑顔でお話しされていましたが、私はタイミングが悪く、一列後ろでしたので直接お話しはできませんでした。ただ陛下はできる限り多くの方に気を配られて、一歩一歩、一人ずつお話をしていらっしゃいました。

もちろん陛下のすぐ側には皇后陛下美智子様が付き添われ、皇太子殿下も秋篠宮殿下もおられました。また広島県にも来られたことのある高円宮久子様や秋篠宮妃紀子様とその娘さん方もいらっしゃって、陛下の後で陛下が話をされていない所に行かれてお話しをされるなど、陛下の補佐をされていました。

バイパス手術をされているお体ながら、陛下は本当に頑張って対応されておられ、大変誠実な人柄が伝わってきました。本当にお疲れ様でしたと言いたい思いでいっぱいになったものです。

園遊会では人が多すぎて、なかなか人と話す場が持てないのですが、同じ広島からの招待者のお一人、もみじ銀行の名誉顧問・森本弘道さんには会場に入る際に偶然会い、少しお話ししました。それから大分大学学長の北野正剛さんが、私の名前の広島という文字に気づかれて「広島赤十字・原爆病院の石田院長を御存知ですか」と声をかけてこられました。石田病院長と北野学長は九州大学の同級生とのこと。私ももちろん、よく存じ上げているので話が弾みました。

もう一人、私が座った隣の席にいらっしゃった水俣病の水銀研究者からは、水銀中毒に関して学問的な話とともに、奥様との出会いから、弟子を家に宿泊させてご飯を食べながら研究を進めた話まで、歩んでこられた人生を聞かせていただきました。

その後、せっかく宮内庁に来たのだからと、以前に南極の氷を手配してくださった下楽《しもらく》さんが、宮内庁の式部職楽部雅楽の楽長・東儀博昭さんをご紹介くださいました。雅楽の東儀家はお聞きになったことがあると思います。奈良時代から雅楽を世襲してきた名門中の名門、遠祖は聖徳太子に仕えていたそうです。

当日、東儀さんを訪ねるべく、宮内庁の職員に居場所を尋ねると、すぐに案内していただきました。東儀博昭さんは七十歳くらい、お話しさせていただいた時には、まだ雅楽を吹奏される前でしたのでスーツ姿でしたが、貴重なお話をお聞きすることができました。

いずれにしましても私が園遊会に招待していただけたのも、皆さまとともに医師会活動をさせていただいているお陰であると感謝しています。

お土産として菊の紋章の入ったどら焼き「菊焼残月」を十個頂きました。皆さんに食べていただくために一個を三つに切り分けました。縁起物ということで、一口だけでも食べていただければ嬉しい限りです。

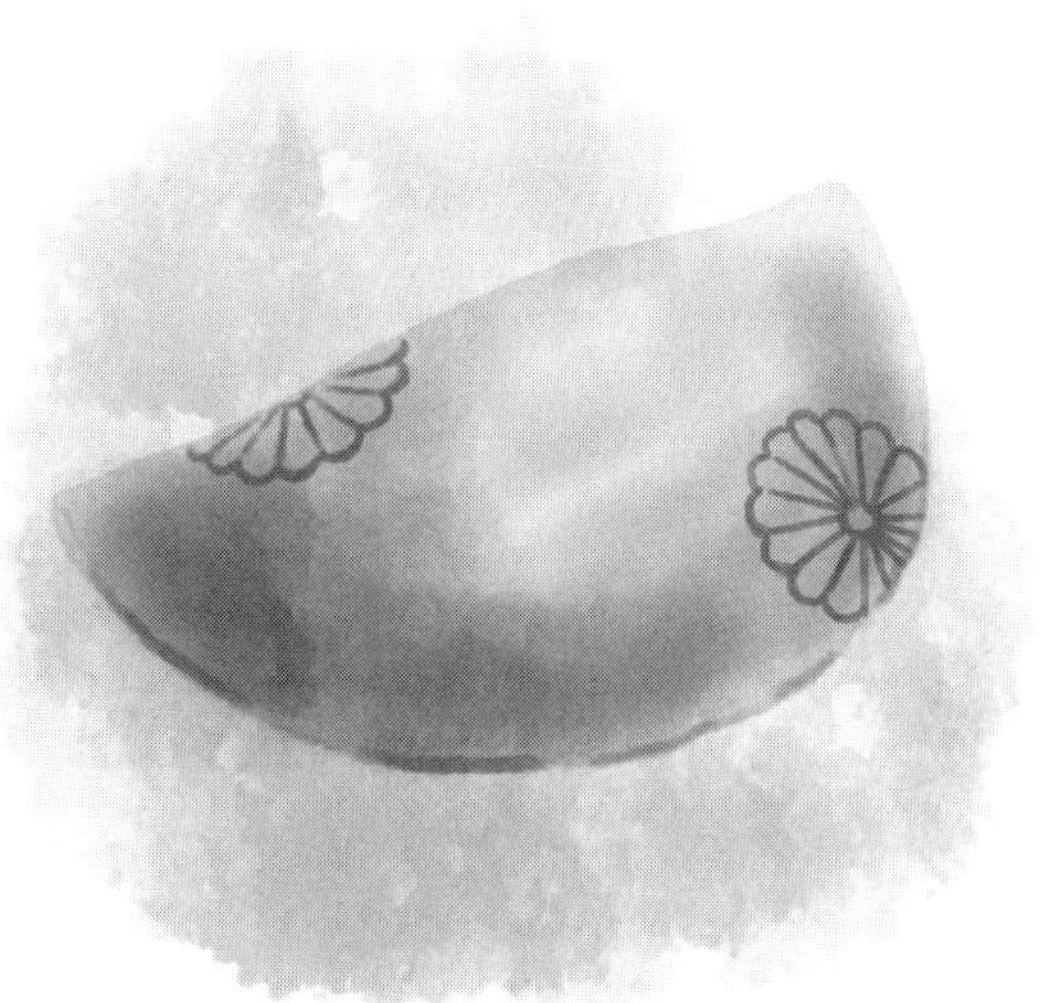

二. 格物致知《かくぶつちち》（二〇一五年五月）

『「朱子《しゅし》語類」抄』（三浦國雄、二〇〇八、講談社学術文庫）をご紹介します。中国の哲学者といえば孔子・老子・孟子が有名で、彼らが著した四書五経すなわち論語、孟子、大学、中庸などがあります。これらを解釈した人物が朱子（一一三〇〜一二〇〇）で、その朱子と門人との問答録（弟子の記録した講義ノート）が「朱子語類」です。

朱子の基本は身を正しく修め、立派な行いをするよう自分を高めていく「修身」。次いで自分の家を整える「斎家」。次は自分の国を治める「治国」、最後は天下を治め争いのない世にする「平天下」。その「修身」の元になるのが「格物致知」と言います。

「致知」という月刊誌を御存知でしょうか？　私もこの月刊誌を取ったことはありませんが、致知出版社の「致知」は古本屋に行っても見つかりません。

格物致知の「格物」とは物事の道理を極めること、「致知」は知識を深めるという意味。この格物致知が朱子のテーマです。

　この本を読みながら、自分の至らない所を高めていきたいと思いましたが、何しろ非常に難しい。仕方ないので、ダイジェスト的に拾い読みをしただけになりました。そんな本を皆さまにお勧めするのはどうかと思いますが、機会がありましたら読んでみられてはいかがでしょうか。

　いずれにしましても、われわれは公正・公平・透明性を持って情報開示し、充分な説明責任を果たすことを今後も実行していきましょう。

三．医のサンフレッチェ（二〇一五年五月）

加藤友三郎顕彰会の総会と講演会に出席しました。参加人数は五十名余り。広島大学名誉教授の三宅紹宣先生による「広島藩の神機隊の活躍」と題された講演を聞き、その後食事会が催されたのですが、その時、良い勉強をさせていただきました。

隣に座られた女性が、私の顔をまじまじと見つめながら、「誰かに似ている」としきりに呟《つぶや》き、やがて私に向かって「あなたは平松先生に似ていますね」と話しかけてこられました。その通りです、本人ですから。「私を覚えておられるのですね」と聞くと、「もちろんです」と答えます。

この女性は、加藤友三郎の末裔だと言われ、「今日参加の五十人くらいの方々はみんな加藤友三郎の一族ですか」と聞かれます。何を仰るのだろうと思いましたが、「違いますよ。みんな今日は顕彰会の総会に来られた方々です。それにしても加藤友三郎の末裔とはすごいですね」と返しました。

やがて話が進むと、「先生の病院には私や二、三人の友達が入院したことがある」

と言うのです。私はお褒めの言葉でもいただけるのかと期待して耳を傾けますと、「先生のところの看護婦さんは笑顔がないですね」ときっぱり。仕方ないのでとりあえず私がニコッと笑顔を返してみました。その女性はなかなかの迫力がある方でした。

この話を病院の朝礼でしました。さらに「医師と患者さん」あるいは「医療人と患者さん」との関係で大切なことを話しました。それはInformed Consent（説明と同意）、Evidence Based Medicine（根拠に基づいた医療）、Narrative Based Medicine（対話に基づいた医療）すなわち患者さんの話を充分に聞くこと、の三つです。私はこれらを「医のサンフレッチェ」と名付け、笑顔と同じくらい心掛けなくてはならないと説きました。

うちの病院が本当にそうなのかと考えていると夜に眠れなくなって、デール・カーネギーの人生訓を読んでみました。

カーネギーはあまり論争を好まず、また人の名前を覚えることが得意だったようです。五万人くらいの名前を覚えていると言っていますが、使用人の名前まで覚えていたらしく、そのことが彼の評価を高めました。

中でもすごいと思ったのが、他の会社との合併時の逸話です。合併をする際、自分の方を有利にしたいと思うのが普通ですが、彼は争わず、相手の会社名を付けます。そうすると相手からも譲歩が引き出せ、スムーズに合併が行えたといいます。カーネギーのゆとりある偉大さを感じました。

いずれにしましても、医師と患者あるいは医療者と患者の関係は「医のサンフレッチェ」を守ること。そして人生においては、無用な論争をしないことが大切なのでしょう。何か身につまされるような話です。

第三章　徳

四．経験（二〇一五年六月）

いつも京橋川沿いを歩いていますが、最近、犬を連れたご婦人が多いことに気づきます。ただ、川土手を散歩させると、犬は用を足します。飼い主は一応スコップを持っていますが、ほとんどが形だけ。犬がソワソワし始めると飼い主は辺りをキョロキョロ。私が見て見ぬふりで通り過ぎると、人が見ていないということでフンの処理はされていない様子。人の目がなければマナーをおろそかにしてしまうのは人間の心理でしょうか。自分ならどうかと考えさせられます。

最近はジョギングや散歩をされている方が増えました。見る限り、男性よりも女性が多く、またトレーニングウエアでしっかりとジョギングされていて、どうも女性の方が気合いが入っているように見えます。ダイエットのために走られているのであれば、ランニングで無理をされるのは逆に体に悪いと心配ですが、アスリートかなと思う方もいらっしゃいます。

私も歩くことを心掛けたおかげで歩くスピードが速くなり、家から病院まで二十五分で行けるようになりました。いつも五、六kgの鞄《かばん》を持って歩くので、これがなければもう少し速く歩けるのではと考え、先日試しに手ぶらで歩いてみました。案の定、三、四分は記録を伸ばせました。とはいえ若い人にスピードでは勝てませんが。

自然に身に付く経験についての言葉をご紹介しましょう。

皆さんがよく御存知の杉田玄白、有名な解体新書の翻訳者で江戸中期の蘭学医ですが、彼の言葉です。

「医事は自然に如《し》かず」

『還暦以後』（松浦玲、二〇〇二、ちくま文庫）によると、この言葉は杉田玄白、八十五年の生涯最後の言葉だそうです。

意味を考えると、こうなります。理論だけが新しくても治療はできない。多くの経験と合致しておのずと発明することがある。「自然と巧者に至る」。

もともと玄白は戦いにおいて、勝機の汐合《しおあ》いを読む力は何度も戦っているうちに自然に身に付くというのです。医療も同じで治療に従事していれば治療の汐合いを自然と悟ることができるようになる。医療の微妙性を表す「医事は自然に如かず」という言葉は、知識にプラスして自然に身に付く経験の必要性を説いているようです。

五．嘘（二〇一五年六月）

病院を舞台にした「白い巨塔」を覚えていらっしゃいますか？ 山崎豊子氏の原作より、田宮二郎主演の映画の方が印象に残っていますが、大阪の某大学付属病院を舞台に権謀術策うごめく社会派の作品です。

私の今回のテーマは「白い嘘塔」です。権謀術策うごめく「白い巨塔」から嘘言《きょげん》の世界の「白い嘘塔」へ、あることを題材に表裏一体の白のシリーズを書いてみたいと思ったのは一年前。どうやら夢物語に終わりそうですが。

この機会に、嘘《うそ》とは何かを調べてみました。見つけたのは嘘をつく心理をまとめられた本『ニュースで鍛える善悪の整理術』（二〇一三、産経新聞出版）。著者は東京地検の検事から弁護士に転職し、テレビコメンテーターとしても活躍していた若狭勝氏です。若狭氏は二〇一四年の衆議院選挙に東京ブロックで当選された経歴を持つ方です。

若狭氏は元検事ですから人の嘘を見抜く訓練をされていて、いわば嘘を見抜くプロ。この本には嘘をつく三つの心理が書かれています。一つ目は「防御の嘘」。自分の地位が脅かされそうになると自己防御する嘘のことです。二つ目は「背伸びの嘘」。能力を誇示したり、他人から支持を得たいためにつく嘘のこと。三つ目は「擁護の嘘」。誰かを守ろうとする嘘です。

私たちも、何か嘘くさいなと思ったら、この三つのうちのどれに当てはまるのかと興味津々で話を聞けば、またそれも面白く、勉強になるかもしれません。が、私の話は嘘ではございませんと言い切っていいものかどうか…。

六．万葉集（二〇一五年六月）

認知症と家族の会に出席しました。その際の講演で認知症にならないためには散歩が一番効果的で、食事も大切だと言われていました。散歩するには朝がよく、そうすると早起きしなければなりません。早起きするためには、早く寝なければならず、早寝をするためには寝付きがよくなくてはいけません。

私は枕元に万葉集を置いています。あの分厚い万葉集を読むと、すぐに眠くなるのです。昨晩読んだのは大伴家持の歌でした。大伴家持は貴公子でなかなかの男前、人情も細やかな人だったようです。奈良時代にあれほど感情を素直に歌で表現した祖先を、本当に素晴らしいと思います。人情豊かなあの時代に戻りたいものです。

万葉集を読むと、当時の日本の様子が垣間見えます。異国からの攻撃に備え、九州などに国防の兵「防人《さきもり》」を大和（現在の奈良県）から派遣したり、官人が勤めを粛々とこなしたり。日本国としての中央管制や地方行政が機能していることがうかがえます。

万葉集は、天皇や貴族から下級の官人や防人まで、いろんな階級の人々が詠んだ歌の数々で構成されています。防人の家族の絆《きずな》や恋人への思いなど、現代人同様の人間性も歌に込められています。そんな千二百年前の人間関係に思いをはせているうちに、つい眠くなり、これが翌日につながって好循環となるわけです。

認知症対策に万葉集、有りではないでしょうか。

七．イノベーション（二〇一五年七月）

面白いことを見つけました。経理の神様と呼ばれたアメリカのピーター・ドラッガー氏の「イノベーション」の解釈です。

皆さんは「イノベーション」という言葉をどのように理解されていますでしょうか？

医療のイノベーションの必要性といった使い方も耳にします。ピーター・ドラッガー氏もイノベーションの必要性を語っていますが、彼のイノベーションは私が思っていた「何か新しいものを見つけること」とは少し違っていました。

ドラッガー氏は、古いものあるいは陳腐化したものは切り捨て、人・物・金をその場所に集中することで新しいものを作る作業、それがイノベーションだと言います。

人・物・金というとアベノミクスでもよく使われる経済資源のことですが、資源の分散化が無駄なら切り捨てて集中し、新しい価値を創造する。それこそが真のイノベーションであると勉強させていただきました。

こうした意味で周囲の組織を考えると、人・物・金を集中して無駄を省いた改革、そういうイノベーションも必要であろうと感じました。みんなで知恵を出し合いたいと思います。

八．大きな力（二〇一五年十月）

わずか二週間足らずでしたが、風邪をこじらせ入院生活と相成りました。入院中、久しぶりに道元禅師の『正法眼蔵』に関する本を読みました。

田中晃氏の『正法眼蔵の哲学』（一九八二、法蔵館）、四百ページほどある本です。執筆者の田中晃氏は、一九〇六年生まれの山口県防府市出身。九州大学哲学科を卒業され、一九五八年から一九六二年まで、山口大学学長を務められた方です。

『正法眼蔵の哲学』は、道元禅師の考え方を忠実に解釈しているという意味では、これまで読んだ正法眼蔵の解説書の中では抜群にレベルが高いものでした。

『正法眼蔵』を研究する人は著名な方という既成概念がありましたが、山口大学という身近な大学の学長をされた田中先生を存じ上げず、失礼をしていたと思います。とても素晴らしい内容で大変参考になりましたので、そのうちの一つを紹介します。

山とか、山にある水とか、いわゆる自然がそのように存在している様を「爾《し》かあるようにあらしめられている」という言葉を使って説明しています。

あらしめられている大きな力。これを「根源の自然の生成力」「根本の真実」と表現していますが、その大きな力を感じることができるように、自分も修行し成長していくということでしょう。

何を見ても綺麗だと言えば、それで済むかもしれません。しかし、山や谷をあらしめている大きな根源の自然の生成力は、「大いなる自己」あるいは「大いなる主体」。そういう大きな力、偉大さを、私たち個人にもある「大いなる自己」によって感じながら、人生や自然を顧みることが大切なのでしょう。

私も大きな自然の生成力を感じ、それに感謝できる人生を歩みたいと願っています。

九．失敗を活かす（二〇一五年十一月）

病院の屋上に小さな庭園があります。そこに立車輪梅《タチシャリンバイ》という木を植えました。車輪梅をインターネットで調べてみますと、数種類あるとのこと。韓国や台湾でも見かけ、日本では沖縄から東北地方まで広範囲に生息していて、街路樹でも見かける背の低い木です。五月から六月頃、白色または薄紅色の花が咲きます。それだけなら何の変哲もない花樹ですが、車輪梅の樹皮は大島紬の染料となります。

この木が有名な大島紬の染料になるのかと思いながら触れていますと、無性に自然に接したくなり、海を見に、元宇品までタクシーを飛ばしました。

元宇品公園の海辺を散歩していますと、季節的にも水質が良く、広島湾の海水としてはなかなかの透明度でした。一時間半くらい散歩したり釣り人を眺めたりしているうち、気づくと西の空は夕焼け色。久しぶりにのんびりと自然を堪能させてもらいました。たまには心の洗濯もいいものです。

その夜、以前にも紹介した東京大学・畑村洋太郎名誉教授の『使える失敗学』を読み返しました。この本は図解で大変分かりやすく、どういう時に失敗するか、どうしたら失敗しないか、失敗から学ぶあらゆることが書かれています。私はちょうど、医療事故調査制度の死因究明のことを考えながら読んだのですが、改めてこの本を読むと、まさに医療事故という失敗から何を学ぶかにつながる内容でした。その中の一つをご紹介します。

失敗があったら個人の責任追及より、失敗の原因究明を優先させる考え方が日本には必要である。アメリカでは、失敗の真の原因を究明する場合には、司法取引により免責されることが法整備されているが、日本にはない。そういう失敗をポジティブに活かす文化が必要だと書かれていました。

十．「正義」と「善」（二〇一五年十二月）

「正義」と「善」について考えてみました。

ローマ帝国の暴君ネロの家庭教師として有名なセネカ（前一頃〜六五）。その言葉をまとめた『ローマの哲人　セネカの言葉』（中野孝次、一九〇三、岩隈書店）の中に、「正義」と「善」についての思いを見つけました。

セネカはネロから多額の寄付を貰うほか、執政官になるなどネロの側近として活躍した人です。ストア派の哲学者でもありましたが、最後はネロに死を命じられ、自殺させられています。

セネカの言葉の中で最も心に残ったのは「多数に従ってはいけない」というものです。多数が賛成したことを最善と見なして大勢の意見に従う性向ほど、われわれを大きな災厄に陥れるものはない。常に自らの理性、そして自らの善によって物事を判断することが大切であると言っています。多忙の惨めさと閑暇ある生を勧め、閑暇の生活に入っても人のために尽くすことを求めています。

徳を志し、自分を常により善いものにする人間は、自分が生まれた祖国を越えて人類の役に立つ。それができぬなら、自分のために、すなわち自分をより善い人間にすること、徳（道徳的成長）を知り、それを実行することを勧めています。

一方、善を求める徳ある人に災厄が起こる場合については、それは「神の与えた試練」としています。人間の中にある神性は神＝理性＝ロゴス＝徳の種子であり「種子的理性」であるとし、神はそれを強く育てるために試練を与える、苦難に遭わない人は不幸だとも言っています。

「徳」とは正しいこと、善いことを行おうとする意志なのです。

別の本『老年と正義』（瀬口昌久、二〇一一、名古屋大学出版会）によると、正義の定義はこうなります。自己の人生が正義によってよく生きられたという正義の生活こそが、楽しく幸福な生活である。人生を最後まで正しく生きることが、人生をよく生きることになる。正義は生涯をかけて求めるに値するものと、プラトンやアリストテレスの老年論とともに語られています。

それにしても災厄を試練と受け入れるべきか、皆さんはどう思われますか？

東西を問わず、時代を問わず、善悪・正義の問題は古くから哲学的・道徳的な主要テーマの一つであり、倫理の問題でもあるのです。

十一・縁起（二〇一六年一月）

このお正月は、少し足を延ばして比治山に登りました。歩いて登るとあまり疲れることなく、ちょうど良い足腰の鍛錬になります。山頂の展望台からは市内のビル群から己斐方面の山々、宮島に似島まで一望できます。

展望台には外国人の旅行者でしょうか、ガイドを連れて説明を受けていました。比治山も国際的だなと感心しました。そこには捨て猫と思われる猫がたくさん見受けられましたが、餌を与えられている人がいます。野良猫への餌やりは地域によっては問題になることもありますが、マナーを守って動物を可愛がる方も多く、日本人の優しい心は健在だなと感じたりもしました。

年初めということで、仏教の原点に返ってみようと思い立ち、仏陀に関した本を読みました。

仏教の教えには「縁起」というものがあります。原因と結果、いわゆる因果応報のこと。良いことがあると「縁起が良い」とか「果報があった」と言いますが、そんな因果応報の教えです。

　病があると苦があるというように、縁起の方程式は非常に簡単です。病があるから苦があるわけで、病をなくせば苦もなくなります。仏陀は病気にならない方法までをも教え、医の王様、医王とも言われていたそうです。

　苦を取り除く方法は非常に応用できます。

　われわれ医師は、患者さんの苦痛を取り除くため、その元となる病をなくせばいい、つまり仏陀の縁起の教えの通りです。病があると苦がある。これがあるとあれがある。これがないとあれがない。代名詞の部分に言葉を当てはめてみれば応用できます。

　さて諸問題を取り除くためにはどうすればいいのか。お分かりのように元をなくせばいいわけです。

　その方法論を考える本を紐解くと、部分否定はいけない、否定することがあったら全面否定すること。曖昧《あいまい》に部分否定をすると、自分が思っている結論に至らないことが多いと書かれています。

　やるからには全面否定する――やはりいい加減な姿勢ではいけない。やる時にはやるという姿勢が大切なのだと思います。

十二．発揮する勇気（二〇一六年一月）

昔買った本を読みました。宮城谷昌光氏のサイン入り本『随想　春夏秋冬』（二〇一五、新潮社）。三国志の宮城谷氏とは正反対の柔らかな文体です。

さらに『歴史のしずく　宮城谷昌光名言集』（二〇〇三、中央公論新社）を読んでみると、中には自分も少々利用させてもらおうかと思う言葉が出てきました。それは「大事というのは小事のつみかさねの上にある」。「大したことないからまぁいいか」というように、細かい事は気にしないやり方もありますが、些細《ささい》な事でもしっかり自分で確認する大切さ。小さな事でも最終的に自分にどう影響するかをしっかりと確認する癖をつけなさいという意味の言葉です。身近な諸問題を、一つ一つ真摯に対応し解決していく大切さを再確認しました。

日本人の一番悪い癖は、「まぁまぁ」とか「なぁなぁ」と「これぐらいでいいか」というように断定せず、「何々である」ではなく「何々であるように思われる」と婉曲《えんきょく》的な言葉で切り抜けようとすること。時には勇気を持ち、断定的で明瞭な言葉を使うことも必要です。

『歴史のしずく』には、こうした勇気に関する文章があります。

「公子、勇気を持たれることです。勇気とは、人より半歩すすみでることです。人生でも戦場でも、その差が大きいのです（楽毅一一・二二〇より）」

「人を傷つけると、自分も傷つく。その負傷を恐れるがゆえに、人はいいたくもないことをいい、いわねばならぬときに黙ってしまう。日常生活においても、人の勇気はためされる（奇貨居くべし。黄河篇二一一より）」

正義と善が当たり前の日常をつくるためには、自浄能力の向上と、それを発揮する「勇気」が必要のようです。

十三．気遣い（二〇一六年一月）

記録的な寒波が日本列島を襲い、広島市内も積雪があるほど、厳しい寒さが続いています。寒い日は家でゆっくりすればいいものを、なぜか寒いと体を鍛えたくなって、比治山に登りました。

いつもと同じように西側の交番前から登り始めましたら、同年代と思われる男性が坂道を走って行かれました。それを見てムラムラと対抗心が湧き、私も走ろうかと思いましたが、途中で息切れする姿を見せるのも何ですので、無理せず少し早歩きで一気に登りました。

そのまま真っすぐ進めば、下りて帰れるのですが、行ったことのない道を発見。冒険心をくすぐられて、どこに続く道なのか、行ってみたくなりました。その道に入ると人気のない森のトンネルになり、しばらく歩くと登って来た道へ出ました。結局、比治山の東側山頂を横断する道と判明しましたが、小さな冒険のお陰で、なかなか良い散歩コースを見つけました。

先日、ある病院長との会談で非常に参考になるお話を聞くことができましたので、ご紹介しましょう。

テーマは、病院管理者として部下をどのように理解していくかということ。病院長曰く、「気になる職員がいると、駐車場の車から降りてくる姿や、頭の角度を見て、その人の心情を推し量ることがある」

やはり病院長になるような人は、いろいろと心掛けられています。昔から思いやりが大切といいますが、単純な思いやりではなく、人の心のバランスを読み取るところまで気遣いされていることに感心しました。私より後輩の病院長でしたが、逆に勉強をさせてもらいました。

十四．札幌（二〇一六年二月）

医療事故調査制度の医療機関向け研修会が、二月一日の仙台を皮切りに全国で開催されています。私は講師として回っておりますが、五日の博多後、八日の札幌会場へ前日入りするため、七日から向かいました。

広島―札幌は午後の飛行機便がないため、広島空港から羽田で乗り換えました。札幌市内に着いたのは夜九時半頃。宿泊するホテルの目の前は大通公園だったのですが、ちょうど雪まつりの開催中。外に出る気はなかったのですが、ホテルのレストランが閉店していたので仕方なく、ホテル近くの店に入りました。夕食後、大通に出ると雪まつりが美しく映えています。食事をいただいて元気が出たので、ちょうど良い機会とばかりに見に行きました。

やはり札幌の雪まつりは素晴らしい。思っていた以上のスケールの大きさで、夜遅くまで観光客も多くにぎわっています。雪像はまさに芸術作品で、なぜこんな表情を雪でつくれるのか、不思議でたまりません。三月の青森―函館間の新幹線開業にちなんだ雪像もありました。

札幌は、学生時代にリュックを担いで訪ねた街ですが、なぜか何処《どこ》に行っても広島にいるような感じがしたものです。当時から広島によく似た雰囲気がありました。

札幌で開催した医療事故調査制度の医療機関向け研修会にも、たくさんの方が来ておられました。研修も会を重ねますと演者もだんだんと進化します。話し方も上達し、内容や資料も少し変えるなど努力の跡も見えます。何を隠そう、私も表現方法を変えるなど、いろいろと頑張っています。医療事故調査制度は、医療事故が起こった場合、個人に責任を追及するのではなく、再発防止と安全対策を図っていくことが目的です。それをしっかり理解していただき、この制度が定着することを心から期待しています。

十五．逆転の発想（二〇一六年二月）

永平寺の道元禅師の「正法眼蔵」を英語に翻訳している『道元を逆輸入する』（二〇一三、サンガ）という本があります。著者はネルケ・無方《むほう》というドイツ人の僧侶です。

元来、道元禅師の言葉は非常に易しい日本語（和語）を使うかと思えば、典型的な漢文もあったりします。「正法眼蔵」は解釈が極めて難解で、現代語訳と解釈がなければ意味を正しく理解できないものもあります。

道元禅師は京都の久我《くが》家の生まれ、当家は氏族ですので家柄は良いわけです。しかし幼くして両親を亡くし、その寂しさからか勉学と仏門に励み、抜群の秀才ぶりを発揮。十三歳の時、比叡山で出家します。当時の比叡山は現在の大学クラスの教育機関でもありました。

二十四歳の時、中国・宋に渡って約四年間修行していますが、その四年間で中国語が話せたそうです。宋に渡った道元禅師の一番の師匠・曹洞宗の禅僧である天童如浄からは、袈裟《けさ》を着けずに師匠の部屋に入ることが許され、そこで徹底的に仏教の勉強をしました。

そして日本に帰って八十七巻におよぶ「正法眼蔵」を著しました。当然ですが、日本語で書き記しています。しかも、内容には大変に難解な言葉が多く使われ、世の中にはいろいろな現代語訳や解釈本が出されています。そうした中での、ドイツ人僧侶の英語訳です。

しかし、その英語訳を読むと日本語より分かりやすい。この日本語はこんな意味だったのかと、英語になって理解できることがあり、まさか英語訳にされた方が「正法眼蔵」が分かりやすいとは夢にも思いませんでした。

『道元を逆輸入する』の英語は易しい中学校レベルとなっています。この本を読むまでは、英語より日本語の方がよく分かると思っていましたが、難解な日本語より易しい英語で説明されるほうが理解できることもあることに気づきます。

物の見方は一面的ではなく多面的に、そして裏からも見ることが大切です。逆転の発想は素晴らしいと思います。

ちなみに筆者のネルケ・無方氏は四十歳代後半の若い住職。二十代から日本に来られていたようですが、「正法眼蔵」をあそこまで理解されるとは、不思議な方です。

私も二十年以上、「正法眼蔵」を読んでいますが、今もって分かりません。

実践で鍛えると、いろんな仏教用語が分かるのかもしれません。私は僧侶ではありませんし、座禅も永平寺での一度だけ。そんな私と実践の僧侶では理解度に違いがあるのでしょう。

われわれも、物の見方を変える発想と実践で得るものの違いを鑑み、単純な理論家ではなく、実践を伴えるよう努力していきたいと思います。

十六．広島宣言（二〇一六年三月）

二月二十七日、二十八日は、ＩＰＰＮＷ北アジア地域会議とＨＩＣＡＲＥ被爆七十年事業国際シンポジウムを合同で開催。国内の各都道府県支部から、大勢の方にご出席いただきました。

ＩＰＰＮＷ北アジア地域会議は、中国、韓国、北朝鮮、モンゴル、そして日本の五カ国で構成しています。今回は残念ながら三カ国が欠席で、北アジアとしてはモンゴルから代表が来られました。

実は今年、日本以外の四カ国でＩＰＰＮＷとしての活動が休止状態であったため、開催自体が危ぶまれていました。そんな中、長崎大学名誉教授で日本赤十字社・長崎原爆病院名誉院長の朝長万佐男先生と、長崎大学出身の若い茅野龍馬先生（ＷＨＯ神戸センター）が直接モンゴルへ出向き、ＩＰＰＮＷの活動を復活。今回の北アジア地域会議に代表が来日されたという経緯があります。今回の北アジア地域会議にＰＰＮＷ活動に対する御尽力によるモンゴルの参加で、今回の北アジア地域会議に花を添えていただいたこと、改めて感謝申し上げます。

初日はＨＩＣＡＲＥ被爆七十年事業国際シンポジウム。「七十年：Sadakoに学ぶ」と題し、ニューメキシコ大学のフレッド・メトラー先生（放射線科）が講演。国際シンポジウムでは、カナダから来られたクリストファー・クレメント氏、放射線影響研究所の児玉和紀先生、広島大学の神谷研二先生、ＨＩＰＲＡＣの権丈雅浩先生による学問的な話が繰り広げられました。

二日目のＩＰＰＮＷ北アジア地域会議では「父を語る―ヒバクシャ医療の礎を築いたヒロシマ・ナガサキの医師達―」と題して、木村進匡先生や原田義弘先生、中山純雄先生といった被爆医療に尽力された父を持つ先生方が話され、医師としての博愛精神を教えていただきました。

最後に、被爆者医療あるいは原爆の惨禍の検証を今後も世界に伝えていく「広島宣言」を採択。今回の二日間は、学問的な話と人間的な話が混在した非常に有益な会となりました。

第四章　観《かん》

一・懐古（二〇一六年四月）

四月十四日に発生した熊本県を中心とした地震では、震度七が十六日にも発生し、いまだに震度五～六の余震が続いています。被害も大きく、家屋の倒壊、道路の寸断、大規模な地滑りが至る所で見受けられ、現在までに亡くなられた方が四十八人、負傷されている方が千百人以上、避難者は十一万人以上となっています。まずは亡くなられた方々とご遺族に哀悼の意を表するとともに、被災された方々に心からお見舞い申し上げます。

昨日、日本医師会館で催された故坪井榮孝元日本医師会長のお別れの会に出席してきました。坪井先生は広島にもお越しになったことがあり、いろんな会でご一緒していたので、寂しさもひとしおでした。

坪井先生といえば、物事をはっきりと仰る男らしい方でしたが、その言動には気品も兼ね備えておられ、私から見ると理想的な会長だと思ったものです。

このたびのお別れの会には、全国から坪井先生と親交の深かった先生方が来られていました。私も古い友人と会うことができ、またお久しぶりといった先生方も多く、旧交を温める意味でも良い機会をいただきました。

献花の後、代表者のお別れの言葉がありましたが、印象に残ったのはノンフィクション作家の柳田邦男氏。彼の著書『ガン回廊の朝《あした》』を覚えていますが、坪井先生が国立がんセンター時代に放射線科医としてがん診療に邁進《まいしん》していく意気込みや情熱を、さすが作家といった表現力でお話しされていました。坪井先生の在りし日のお姿を垣間見るようで、心を揺さぶられました。

二・減師半徳（二〇一六年四月）

永平寺の開祖・道元禅師。彼は二十四歳で中国・宋に渡って四年間、曹洞宗の禅僧であった天童如浄に師事し、直接教えを請いました。仏教用語では単伝といい、単純に本を読んでマスターするようなものではなく、師匠が弟子に、人間としての教育もしながら、仏法・仏教の神髄を教えるということ。つまり道元禅師は師匠である天童如浄から仏教を叩き込まれたのです。

弟子は師匠に近づき、いつかは超えていこうとしますが、ここに一つ言葉があります。

「減師半徳（師の半徳を減ず）」（『景徳伝灯録』承天道原、一〇〇四、巻六・百丈章。道元、一二四四、正法眼蔵第六十九自証三昧）。

師の徳の半分にも容易に至らない。師匠の教えのすべてを習得しても、弟子には師匠の見知の半分しか身に付いていないということです。

すなわち、師匠を百%としたら、師匠の教えだけを勉強したのでは、師匠の五十%にしかたどり着けない。師匠の教えを元に、一・五倍から二倍は努力しなければ師匠の見知にさえ追いつかないし、そうしなければ師匠を継いだとはいえないということです。

お釈迦様が仏教の教えを伝えて以来、仏教の世界がずっと栄えているのは、この減師半徳の教えがあるためでしょう。自分の師匠より多く勉強して、さらに弟子に伝えるのですから、「仏法は時代とともに新しくなり（『正法眼蔵を読む人のために』水野弥穂子、二〇〇五、大法輪閣）」というように、次から次へと何千年経っても伝わっていくのです。

何事も一・五倍から二倍を目標にして、やっと目標の百%が達せられるということ。「減師半徳」は、仏教はもちろん、社会においても組織を維持するための方法論なのでしょう。われわれも、ただ単にやり方を継承するだけでは駄目で、二倍やってやっと同等に達すると思わなければなりません。かなりの努力を持って改革あるいは仕事をしていかなければ、減師半徳してしまいます。これまでの一・五倍から二倍の行動力とアイデアで頑張っていきたいと思います。

三．過去と未来（二〇一六年五月）

患者さんが書かれた本を頂きました。『怒和島物語《ぬわ》』といいます。怒和島というのは、愛媛県にあります。松山観光港から広島港行きの高速船に乗ると十五分くらいで西側に大きな島・中島が見えてきますが、その西隣に位置しています。執筆された浜岡さんはこの島の出身だそうです。

浜岡さんから本を頂くのは二冊目。一冊目は愛媛県の農家の代表として、ドイツの農家にホームステイされた時のことをまとめられたものでした。

実は浜岡さんと最初にお会いしたのは三十五年くらい前、私が松山で医療に従事していた時代のこと。診ると、首の第五第六頚神経根が圧迫されています。そこで除圧手術をしたところ腕が上がるようになり、仕事ができるようになって非常に感謝された経緯があります。

『怒和《ぬわ》島物語』を読ませていただくと、怒和島は、中島を含めた忽那《くつな》諸島の一つで、いろんな文化が育まれた土地のようです。皆さんは農家の道具で「オイコ」を御存知ですか？ 昔よく使っていましたが、荷物を背負うための道具です。これも文化だと、「オイコ」や「肥たご」まで写真に撮り、自分の生い立ちと合わせてまとめられていました。

この中で、ほろっとする場面に出合いました。序盤の文章で、「特攻機が怒和島の上空を旋回していた。特攻機の乗組員は恐らく怒和島の宮脇家の誰それであるという噂《うわさ》が流れた」というのです。自分の故郷の上を一回だけ旋回し、遠ざかる姿を家族がどういう気持ちで見送ったであろうか。家族の気持ちまで書かれています。

この本の序言を書かれたのは森正史さんといわれる方（怒和島に民俗調査に行かれ、報告書「怒那諸島の民俗」を著された）で、非常に上手にまとめられていました。単純な懐古趣味とは思わずに過去を振り返ることで未来を考える。そういう歴史学とか民俗学の一端と考えて、（中略）要するに私たちも思い出を大切にしましょう。

森さんの言われる通りで、過去を大切にしながら、かつ明るい未来を考えていく。そんな生活スタイルと考え方を大切にしていきたいと思います。

四．比治山（二〇一六年五月）

「比治山」についてご紹介したいと思います。

最近まで、比治山は放影研のある近所の低い山というだけで、私にとっては関心の薄い場所でした。しかし山に登るようになると、敷地は広く、木々も豊かに茂り、なかなか良い所だと思うようになりました。

さて、比治山への登り口から十ｍほど登ると「比治山貝塚」という看板が立っています。縄文時代の土器や貝殻が出土したようです。小さな貝塚で今は看板だけですが、こんなに近くに貝塚があるというのは、嬉しいことです。

そこからさらに登るとすぐに頂上です。頂上から少し下ると、森戸辰男氏によって「ひろしま文芸の碑」と記された石碑があります。東大の森戸事件で有名な方で、私が広島大学に入学した時の学長です。森戸学長のことは入学前から知っていましたので、初めて拝見した時には身震いするほど感動したことを覚えています。満面の笑みをたたえてお話しされていて、照明のせいかキラキラと輝いて見え、非常に存在感のある人でした。

とても身近にある比治山ですが、そこには貝塚や偉人の刻んだ石碑もあります。
捨てたものではありません。

五．拈華微笑《ねんげみしょう》（二〇一六年五月）

子どもの頃、よく魚釣りに行きました。子どもの魚釣りとはいえ、何を釣るのかを決め、餌を買い、針も魚に合わせて準備します。しかし、お目当ての魚はそう簡単には釣れません。

京橋川の河口はハゼがよく釣れる場所でした。ですので、御幸橋の河下にハゼを狙って釣りに行きます。しかし、釣れるのはハゼではなく、ドンコばかり。ドンコを御存知ですか？ 黒くてナマズを小さくしたような魚です。ドンコもハゼ科の魚ではあるのですが、お目当てではありません。ハゼではない魚が掛かると、「この野郎」という意味で「この外道め」と言ったりしました。外道といえば河豚《ふぐ》もそうでして、これもよく引っ掛かりました。

やはり自分の目標とした魚以外が引っ掛かることは嫌なこと。人生にも、いろんな外道が引っ掛かってしまうことがありますが。

道元に、「ある仏教の経典の説話に似たような状況」を詠った和歌があります。

「世の中は窓より出づる象《まさ》の尾のひかぬにとまる障《さわ》りばかりぞ」

大きな象が窓から身体だけを出し、尾が出ずに苦しんでいる。…ひかぬには「呼び寄せてもいないのに」、…とまるは「付着する」で、世の中には向こうからやって来て付着してしまう障りばかりが多い（『道元の和歌』松本幸雄、二〇〇五、中公新書）。出家を志しても、最後まで俗縁という妄執が絡まってしまう。それを断ち切ることができるかという、道元の若い僧への問いです。

もう一つ仏教のお話を。お釈迦様はいわゆる仏教の開祖ですが、では二代目は誰か御存知ですか？　これには言い伝えがあります。たくさんの弟子からどうやって選んだのか――お釈迦様はあることからその人を選びました。

お釈迦様が説教をされているとき、三千年に一度咲くという優曇華《うどんげ》の花を掲げてまばたきしたところ、その人「摩訶迦葉《まかかしょう》」だけがニッコリと笑った。お釈迦様の意図するところを一人理解したのです。これを「拈華微笑」といいます。

現象だけを見ますと、「摩訶迦葉」は偶然に当たったように見えますが、当たってしかるべき人です。弟子の中でも非常にしっかり勉強した伝説の人で、お釈迦様の跡を継ぐだけの人格と教養を持ち、仏教の悟りを開いた人でした。

師から弟子への心から心への正法の伝授、これは仏祖単伝、直指単伝、師資相承、面授ともいいますが、自分の弟子を選ぶときには、こういう選び方もあるということです。

第四章　観

六．諸悪莫作《しょあくまくさ》（二〇一六年六月）

道元禅師は一二〇〇年生まれ、一二五三年に五十三歳で亡くなっています。二十四歳で中国（当時の宋）に渡って仏教を学び、その理念を禅宗が栄えていた日本に持ち帰りました。帰国後、仏教の本質を「正法眼蔵」という八十七巻に及ぶ書物にまとめています。

このとき道元が中国・宋から何か物を持って帰ったかというと、何もありません。眼横鼻直（眼は横に鼻は直《たて》にという当たり前のこと、あるがままを見ること、真理はあるがままに現していることを習った）、人瞞を被らず（人にだまされぬようになった）、すなわち空手にて郷に還ると言っています。

要するに、仏教の本質的な伝わり方は、師匠から弟子へ直接教えること（単伝、面授）、特に座禅を通じての精神の教え・真理のとらえ方を日本に持ち帰っているのです。

「正法眼蔵」の中で好きな言葉は「諸悪莫作」です。悪いことをしない、あるいは「しなくなる」という意味。仏教の本質は、この「諸悪莫作」だと、道元禅師は中国から持ち帰っています。

こんな話があります。

中国の詩人・白楽天が、僧侶・道林禅師に「仏教とは何か」と問うと、道林禅師は「それは「諸悪莫作」、悪いことをしないことだ」と答えた。白楽天が「そんなことは三歳の子どもでも知っているよ」と返すと、道林禅師は「三歳の子どもでも知っているけれど、八十歳の老人でもそれを実践するのは難しい」と言いました。

悪いことをしないように毎日の生活をしていると、自分の中に「修行力《しゅぎょうりき》」という力が備わってきて、悪いことをしようとも思わないし、悪い友達に交じっても悪に染まらない。悪いことをしないという日常の努力が修行力となり体に満ち満ちて、どんな立場であろうとも悪いことをしなくなるのです。

修行力が身に付くことが実は仏になること。仏教を学ぶ人、あるいは仏教を慕う人の目標は、自分が仏様になることです。それは、最も簡単な悪いことをしないことで達成できる。これが道元禅師の教えです。

しかし、今や世の中には悪いことをする人があふれています。

「諸悪莫作」、悪いことをなさないように努力していれば修行力が備わってきて、諸悪が「作られざるなり」の状態になるということですが、では逆に悪いことを常にしようと思っていれば、しようと思わなくても悪いことをしてしまうのでしょうか。こうした状態を私なりに新語で表すと「逆修行力」。悪をなす人々の多い今日《こんにち》、日本の「恥の文化」は遠い昔になったのでしょうか。

第四章　観

七．SPIRC−NP（二〇一六年六月）

皆さん、SPIRC《スパーク》−NP《エヌピー》を覚えていらっしゃいますか？　日本医師会「医の倫理綱領」にある六つの項目の覚え方です。医師だけでなく、医療関係者は覚えておいてほしいと思い、私が考えた簡単な方法です。

知っているのと、記憶しているのとでは随分と意味合いが違います。覚えていれば、よしやってみようという気になりますが、覚えていないとなかなか実践しにくいもの。どうかこのSPIRC−NPをご活用ください。

Sは Study：勉強、いわゆる生涯学習のこと。Pは Personality：人格の高揚といいますか。これこそまさに倫理中の倫理でしょう。Iは Informed consent：お互いに理解し合うこと。充分な情報開示をして説明し、そして理解・同意することです。Rは Respect：医師は互いに尊敬し、患者や医療関係者に対してはもちろん、人と人とが人格を尊敬し合うことが必要です。Cは Compliance：規則・法令などを遵守すること。NPは Non Profit：営利を目的としない、奉仕の精神が大切であるということです。

「Study」「Personality」「Informed consent」「Respect」「Compliance」「Non Profit」をどうか覚えておいていただきたいと思います。

最近は日常的会話の中で使われる英語が多くなりました。インフォームドコンセントも、もはや日本語になった感があります。いろんな事柄を英語にして覚える習慣も面白いものです。

八・二〇二五年問題（二〇一六年七月）

団塊の世代が七十五歳以上になる二〇二五年問題は、非常に厳しくとらえる必要があります。

しかし、日本の人口減少や景気後退を発端とする様々な問題は、医療界にも直面する問題であり、避けては通れない道です。病床機能についても、高度急性期、急性期、回復期、慢性期のいずれを選択するのか、今後の厳しい診療報酬を考慮しながら医業経営を見据えて判断しなければなりません。

最近の広島市内の状況を見ていますと、高層マンションが次々と建っています。人口減少が危惧される中、都市部にはいまだ人口が増え続けている現状があります。以前は若者が職を求めて都市部へ出る現象がありましたが、昨今は高齢者も都市部、特にマンションで生活する利便さから都市部へ出る現象があるようです。逆に島嶼《とうしょ》部や山間部では、高齢者が亡くなれば一挙に人口が減少する傾向が強くなり、さらなる人口の集中化が現実となっています。

そんな中で地域医療構想、あるいは地域包括ケアシステムの構築を考えた場合、人口変動は社会情勢によって減少地域だけではなく増加地域もあることを予測しながら策定しなければなりません。また、その中核となるべきかかりつけ医が決して充足しているわけではなく、そのかかりつけ医にも高齢化が進むという極めて深刻な地域もあることを知っておく必要があります。

地域包括ケアシステムという言葉を、われわれは声高らかに提唱していますが、今一つ現実味が持てない感があります。地域の実情をしっかり把握し、社会の動向も勉強して、地域包括ケアシステムの構築に向けた充分な知識を得た上で行動する。そのためには、皆さんと共に真剣に取り組むことが必要です。避けては通れない問題解決に向けて、共に頑張っていきましょう。

九．正義と平等（二〇一六年七月）

正義と不正・悪もしくは邪について考えていると一冊の本に出合いました。『西欧の正義　日本の正義』（日本文化会議編、二〇一五、文春学藝ライブラリー、一九八〇年が底本）。もともと一九八〇（昭和五十五）年に出版されていますので、三十六年前の本です。本編では四、五人の学者が論説し、それぞれに座談会をしていますが、正義の定義は非常に難物のようです。

元来、正義とは、古代ギリシャの小都市国家ポリスが法律を守って社会組織を成り立たせる、これが定義であるとプラトンが述べています。われわれが考える正義とは少し意味合いが違うようです。

正義の議論と同時に、自由と平等についても議論されています。平等という概念は、いろいろと解釈され、近年では運動会で一位二位といった順位をつけないという考え方も見られました。

足の速い者と遅い者にあえて順位をつけないことは理解できますが、個々の能力差は必ず表れます。平等社会といえば、個人の能力を評価して適正な職業が与えられる能力主義的な社会もあります。学校の成績も、ある科目だけ全員三にした先生がいたそうです。そうするとある科目だけでは不平等だと、全科目三にした先生もいたということです。考え方は様々ですが、自由と平等は、その考え方を実行する時は注意しなければなりません。

社会のルールに従うことが正義である。これがアリストテレスのニコマコス倫理学を始めとするギリシャ哲学の考え方です。『西欧の正義　日本の正義』の中の論議では、最終的に裁判が正義か悪か判断を下してくれると結論した論者もおられました。自分では正しいと思っても相手はそう思わないということでしょうか。

正義とは何か。

究極は、自らの良心（善の心）に問い掛け、選択し続けることのように思います。これは道元禅師の諸悪莫作、すなわち仏教の神髄そのものです。

十．沛然《はいぜん》（二〇一六年七月）

今日は、にわか雨が降りました。

にわか雨という言葉には懐かしさを感じます。子どもの頃は、にわか雨に遭っても気にせず、ビショ濡れになって帰ったものです。

にわか雨で「重職心得箇条」を思い出しました。江戸時代の儒学者・佐藤一斎（一七七二～一八五九、八十八歳没）が著した、大臣クラスの重要な地位にある人間に対する十七条の注意書です。この中に、にわか雨に関することが書かれているのです。

「大臣たるもの胸中に定見《ていけん》ありて、見込みたる事を貫き通すべき元より也」。佐藤一斎は「定見」という言葉を使っていますが、そういう確固たる信念を重職は持っていなければいけないと書いています。しかし、そう言っておきながら、「然れども又虚懐公平にして人言を採り、沛然と一時に転化すべき事もあり」と、前言の「定見」に対して「沛然と」というにわか雨の意味の言葉を使い、先入観や偏見を持たずに公平に人の意見を聞き入れ、晴天からにわか雨に一瞬で変わるがごとくの柔軟性も説いています。

定見を持っているが、沛然と一時に転化する。自分の考えを変えて機をうかがうことも必要だというのです。我意があって私心、私欲があるとそれができない。また、歳を取るとだんだんと頑固になるので、沛然と転化できないかもしれません。さらに、多方面の知識がないと転化することはできないという意味もあるかと思います。「沛然と一時に転化すべき事もあり」という言葉、覚えておきたいものです。

十一・酒文化（二〇一六年七月）

高知で、広島とは違ったお酒の飲み方を教えてもらいました。広島も昔はこんな感じだったな、今は本当におとなしくなったなと思いながらお聞きしました。

「菊の花」という飲み方は、お盆の上に参加人数分の杯を用意し、その一杯だけに刺身用の菊の花を入れておきます。順番に杯を空けていくのですが、一人目で菊の花を当てるとお酒は一杯だけ飲むのですが、三十五人目で当てると三十五杯飲むことになる。なかなかエキサイティングなゲームです。その他にも高知には、まだまだ面白い飲み方があります。

ああいう勢いのある酒文化がある土佐藩だからこそ、明治維新の原動力となった坂本龍馬や武市半平太、中岡慎太郎といった幕末の志士が沢山生まれたのでしょう。お酒が飲めるというのは元気な証拠。決してお酒の文化をけなしてはいけません。お酒を飲むエネルギーを維新のエネルギーに変える、それが高知のお酒だと感じました。幕末の志士といえば長州藩もそうですので、長州人はどんな飲み方をするのか、今度行ってみたいと思います。

酒の肴にもなる、高知の食文化といえば皿鉢料理です。私をはじめ、広島人は瀬戸内の魚が一番美味しいと思っていますが、高知の魚もやはり美味しい。思い込みはいけません。

もう一つ、高知で教えていただいたのが「はし拳」という遊びです。いわゆるお座敷遊びですが、こうした遊びは広島では見られなくなりました。

勢いのあるお酒をいただくと、昔の仲間を思い出します。元気にお酒を飲んでいた仲間も、多くが死地に旅立ちました。坂本龍馬のような豪快な人物も何人かいましたが、あっという間に消えてしまいました。彼らが生きていたら、今の世の中を、広島をどう思うか。私の中には、まだ彼らが生きておりまして、彼らが生きていればという思いがあります。

十二．パラダイムシフト（二〇一六年八月）

私が心掛けていることに、自分の身を整えておくことがあります。この「整える」という言葉は、私の大好きな言葉で、自らを整えるのは楽しいと感じています。目的を持って自らを整えれば、結果が必ず表れて、成長した自分を発見します。そうやって一生懸命に自分を律すれば、見た人からも評価されるものです。これは子どもの頃、祖父や祖母に言われた「お天道様が見ているから」の教えそのもの。幼年期に既に自分を整えることの必要性を教えてもらっていたのです。

現在、『崩壊する組織はみな「前兆」がある』（今村英明、二〇一三、ＰＨＰビジネス新書）という、トップの重要性が書かれた書籍を読んでいます。組織のトップが変化し改革を進めるパラダイムシフトの解説では、崩壊する組織を蛇の脱皮に例え、「脱皮できない蛇は死ぬ」と言っています。

その時その場にいる人々の「主流となるモノの見方」がパラダイム。「天動説」が主流の時代に「地動説」を唱えて処刑されかけたガリレオ・ガリレイのパラダイムシフトが有名ですが、本書で言う「蛇の脱皮」とはシフト（転換）の意味。組織のトップは必要に応じて脱皮することが求められ、組織全体のパラダイムをシフトして生き残れという考え方です。

要するに、パラダイムシフトは改革ですから、実行するには大変なエネルギーが必要ですし、それを指揮するトップの責任は重大です。蛇の脱皮は頭から始まるそうですが、組織の改革も頭であるトップから脱皮しなければ体も脱皮できず、その組織は死んでしまうことになります。

組織が生き延びていくためにはパラダイムシフトが必要ですし、トップであるリーダー自身の改革が重要だと思います。私も自らを整えていかなければと感じました。

「面従腹背」という言葉を御存知でしょうか？

表面では従っているけれども腹の中では背いているという意味ですが、そういうことがないよう、組織が一体となってパラダイムシフトを実行する必要があります。そのためには、トップがパラダイムを一気にシフトする勇気を持って、進まなければなりません。責任の重大さを噛みしめながら。

十三．止観《しかん》（二〇一六年八月）

「観」という字の意味は、物事をよく観察すること、よく見ることだろうと思っていました。実際にもそうした意味で使いますが、仏教的には、自分が考えていること、思い浮かべることを「観」といいます。

例えば、日が沈む綺麗な夕焼けを見ます。その後しばらくは夕焼けの残像が瞼《まぶた》に残り、思い出すことができます。あるいは、小川の底の白い砂が見えるほど綺麗な水が流れていると聞けば、頭の中で想像することができます。これを「観」というのです。

今でこそ「禅宗」と言いますが、昔は「禅観《ぜんかん》」と言っていたようです。「観」という言葉は一体いつ頃から仏教的に日本に入って来たのでしょうか。西暦七五四年に唐から渡日した鑑真和尚、唐招提寺には国宝の鑑真和尚像もありますが、その鑑真和尚が伝えたことに「止観」があります。

「止」というのは心を静めること。心を静めて観ずる、それが「止観」というわけで、禅や瞑想の言葉です。

そんな仏教的な「止観」ですが、良い方向に観ずれば問題はないのですが、しばしば自分が思ったことを、あたかも本当のように表現する人たちがいて、見てきたかのような嘘をつく輩がいます。

「観ずる」「止観」とは、本来は良いことを思い巡らせる「観」で、悪いことを思い巡らせる「観」ではありません。悪いことは「止観」ではなく「悪観」でしょうか。

本当の良い意味の「止観」で、良いこと美しい風景を思い巡らす、そうすれば心も綺麗になるに違いありません。

十四．忘己利他《もうこりた》（二〇一六年八月）

滋賀県の比叡山延暦寺に参拝したときのこと。ある言葉を教えていただきました。「忘己利他」。比叡山延暦寺を建立し、天台宗の開祖である伝教大師《でんぎょうだいし》最澄《さいちょう》の一番有名な言葉です。意味は「己を忘れて他人を利する」。「もう懲りた」の意味で取ってはいけないと面白可笑《おか》しく教えてもらったので、よく覚えています。

さて、「忘己利他」の意味は、現代で言う「奉仕の精神」だけではないそうです。延暦寺的には、他人が悟りを開けるように導き、助けてあげるという意味もあると言います。とはいえ、われわれには単純に「奉仕の精神」という方が分かりやすいと思います。

いずれにしましても「もう懲りた」ではなく「忘己利他」で、何事にも当たっていきたいものです。

第四章　観

十五．てんかん（二〇一六年九月）

ニュース報道などでのご承知のように、てんかんによる事故が起こっています。そのため、てんかんの患者さんが誤解され、逆に差別されるなどの被害もあるようです。こうしたことを防ぐには、てんかんについての正しい知識をお伝えするとともに、われわれ医師がてんかんに対して正しいシステムを理解することが必要です。てんかんには、一次、二次、三次と、三つの段階を経た診療があります。一次は、かかりつけ医の診療。てんかん患者を診るかかりつけ医は、神経内科、脳神経外科、精神科の医療機関の医師となりますが、子どもなら小児科の先生も診ますし、内科あるいは外科の先生も診るというように、医師の専門性がはっきりしていません。

てんかんの患者さんは百人に一人程度と聞きましたので、人口二百八十四万人の広島県には約二万八千人のてんかん患者さんがおられることになります。にもかかわらず、広島県内のてんかん専門医は約十五名しかいらっしゃいません。一次診療の時点で不安を感じます。

仮に広島県民がてんかんを発症したとすると、まずは一次診療の医師が診察します。

症状によっては抗てんかん薬で治まって、しばらく様子を見るケースも多いでしょう。頻回に発症する場合は、二次診療施設の総合病院へ移ります。てんかんを扱う診療科は複数あると言いましたように、総合病院ではいろんな角度から検査し、治療方法を探します。

しかし、てんかんには「難治性てんかん」と呼ばれる、薬ではコントロールしにくい患者さんが二十％ほどおられます。そのうちの十五％の患者さんには次のステップ、三次診療へ進んでもらうことになります。こうした患者さんを受け入れるてんかん拠点施設は広島県で唯一、広島大学病院が担っています。皆さんに覚えていただきたいことは、現在、広島大学病院脳神経外科の飯田幸治先生が、てんかんを外科的に治療することができる広島県内で数少ない医師のお一人です。

てんかんの患部にフォーカスした三次の外科手術で、頻回に発症する患者さんが完治できるのであれば、そこまでたどり着かせてあげなければなりません。てんかん治療のシステムの正しい知識を、てんかんを診る診療科の先生方には周知徹底していただきたいと思います。

広島県民が、最新のてんかん治療の恩恵から漏れないように、また少しでも不幸な事故が減らせるように、医師会として全力で取り組むべきであると考えています。

十六．花（二〇一六年九月）

私はいろんな意味で「整える」という言葉を使っていますが、心はもちろん体調面も整えることに取り組んでいます。その手段は、行き帰りの川辺の歩きと山登りです。

最近は比治山の良さを改めて実感しています。麓《ふもと》を歩くと冷気が下りてきて、スーッと冷たい空気が気持ちいい。比治山は小さな山ですが、一つの山として森を蓄え、立派だと思うのです。

比治山に登る時、いつも登山口から入るのですが、そこに花が生けられていました。八月の終わり、いえ、もしかしたら原爆の日だったかもしれません。生けられた一束の花を見て何を感じたかというと、一つは原爆。そしてもう一つは「コウジ」という比治山の洞窟で殺された子どもの名前です。この事件は私が七歳前後の時でしたが、弟の名前と同名でしたので、よく覚えています。「耕二」は二つ下の弟でしたが、二歳で亡くなりました。

花が生けられている場所の近くには比治山貝塚があり、おそらく貝塚の周辺に洞窟があったのではないか。そしてあの事件の遺族が、ずっと毎年花を生けているのではないかと、そんな想像をしながら花を見ました。

通るたびに花を見掛けましたが、一カ月以上経っても、まだ枯れずに生きていました。花の生命力と人の命の儚《はかな》さを感じたものです。

待望の秋を迎えました。身心（道元禅師は心身と使っています）を整えて、頑張っていきましょう。

十七．組織（二〇一六年九月）

組織の在り方として、縦割りは重要なシステムです。「縦割り行政」と批判的な言い方を耳にしますが、小魚の群れと違って人間社会では、組織の指揮系統を統一するための縦割り構造は大変有効なシステムです。しかし、それだけでは不足で、横の連携も大切です。縦と横の糸が相まって繊維となるように、適切な横の連携があって初めて効率的な組織になることができます。

皆それぞれ組織の中で役割があります。しかし個々には人格があり、考え方が違う場合があります。人格は育った環境や受けた教育、その他で形成されるため、自分の考えが他人とすべて一致することはまずありません。そこで人は、その考え方の違いをお互いに受け入れながら、包容力を持って、相まみえぬ意見の中でも、お互いを尊重し妥協点を探します。組織が統一の見解を持つためには大切な作業になります。

組織のことが書かれた本を読むと、組織が膠着《こうちゃく》するときは、一つは縦割りが機能しないとき。もう一つは役職者が増えすぎたとき。適切な上司と部下のバランス、リードする者と指示を受ける者には正しい割合があります。やはり成功する組織は、そのバランスがよく、リーダーシップを発揮できる環境があるようです。

先日、獺祭《だっさい》を造られている旭酒造株式会社の桜井博志代表取締役の講演を聴く機会がありました。日本酒である獺祭が、世界のブランドにまで育ちつつあるこれまでの経緯を「ピンチはチャンス！」と題して話されました。

獺祭の成功は、桜井社長のアイデアと実行力によるものでしょうが、リーダーとしての役割をきちんと果たされたことで引き寄せた運もあるのでしょう。獺祭をブランド化したノウハウは、いろんな組織にも応用できますと冒頭で話されていましたが、まさにその通りだと思いました。帰宅後、ピーター・F・ドラッカーの組織に関する本を読みましたが、桜井社長はドラッカーの言っていることをそのまま実行されているような気がしたものです。

上に立つ者、それを支える者、それぞれが役割を充分に果たし、一つの目標を達成することが大切です。その過程にはいろいろな問題が発生しますが、それをまた調整する役割を担う者が現れる組織であること、いろんな問題は組織力で解決して目標を達成すること、そのような組織は面白く、やりがいがあります。

第五章　忖《そん》

一・使命（二〇一六年十月）

在南米被爆者健康相談事業に参加すべく、二週間、ブラジルとアルゼンチンを訪問しました。

アルゼンチンの首都ブエノスアイレスに行くと、まず世界一幅《はば》が広い道「七月九日通り」に目を奪われます。車線は二十三もあり、そこを渋滞するほど車が走っています。市内は中世ヨーロッパ調の建築物が目立ち、南米のパリと称される通りの歴史を感じさせる美しい風景が広がっています。しかし、アルゼンチンもブラジルも、インフラや治安を含め、総合的に日本と比較すると問題が多く見受けられます。日本のような洗練された政治経済システムになるには、まだまだ時間がかかると思われました。

同時に、いずれの国でも政治のトップの重要性を感じます。やはり指導者が乱れれば国が乱れます。「人のふり見てわがふり直せ」ではありませんが、リーダーは誰からも後ろ指を指されない凛とした行動が必要だと思います。

今回の健康相談に来られた被爆者の方々は、ブラジルでは沢山いらっしゃいましたが、アルゼンチンでは少数でした。現地の被爆者の方と話してみて感じたのは広島弁の有効性。広島弁を話すと、心を開き、多くの相談をしてくださったように思います。南米在住の被爆者は北米に比べれば確かに少人数ですが、相談に来られた方々の笑顔を見ると、われわれの使命が果たされたとほっとしました。

ブラジル、アルゼンチンの両国では領事館や大使館に行き、領事あるいは大使に面会することができました。特にアルゼンチンでは大使とお話しし、この相談事業への援助をお願いしたところ、快く前向きな応諾をいただけました。これは赴く前に、岸田文雄外務大臣にこの事業の要望書を提出していたお陰かと。岸田大臣の考え方が大使館あるいは領事館にも伝わっていると感じました。

このように今回の被爆者支援事業では、政治力の必要性を痛感しました。しかしこれは、これまで行政に協力し、何十年と県民医療に取り組んで獲得した信頼があればこそです。

いずれにしましても、在米被爆者も高齢化し、事業をお世話する県人会の方々も高齢化しています。そうした中、大使館あるいは領事館が国の仕事として事業を推進いただけることは、ありがたい限りです。

被爆者が最後の一人になっても続けていかなければならない事業です。われわれも本事業を前向きに検討し、今後も行政に提言していきたいと思います。

二．価値観の重要性（二〇一六年十月）

『ニュースで鍛える善悪の整理術』（二〇一三、産経新聞出版）を読まれたことがありますでしょうか？

著者は若狭勝氏。昨今、小池百合子氏が東京都知事選に立たれて空席となった衆議院東京都第十区の補欠選挙に出馬し、当選もされた方です。この人は、東京地検特捜部におられ、後にニュースのコメンテーターとしても活躍されましたので、顔を見れば、あの人だと分かる方も多いことでしょう。

私が常日頃から広島県医師会の基本姿勢として「公平・公正」「透明性」「説明責任」「情報開示」と繰り返しお話ししていますが、この中の「説明責任」という言葉は、前述の若狭氏の著書から採りました。

若狭氏は元特捜部ですから、犯人から情報を得る時、それが本当かどうか見分ける術を書かれています。人間はどういう時に嘘をつくか、嘘をついたことをどのようにごまかすか、そんな人間の心理を懇切丁寧にまとめています。

もう一つ、大切なこととして四つの価値観、「公正」「透明性」「説明責任」「情報開示」が挙げられています。これまで私は、「公平・公正」「透明性」「情報開示」の三つを基本姿勢として発言していましたので、一つ抜けている「説明責任」もプラス利用させてもらうことにしたのです。

この四つの価値観は、とても重要です。この四つの価値観を念頭に行動すれば、悪いことはしないし、できません。若狭氏の著書には「四つの価値観すべてに反する悪質な行為」という章があります。ここには悪質な行為をする者がいるので用心しろと書かれています。四つの価値観の重要性を物語る章です。

三．大統領の広島訪問（二〇一六年十一月）

明日、カザフスタンのナザルバエフ大統領が広島に来られます。大統領の歓迎昼食会に、私はＨＩＣＡＲＥ会長としてご招待いただきました。堅苦しい会ではないということですので、大統領と直接お話ができればと思っています。

カザフスタンといえば、二年前にＩＰＰＮＷ世界大会が開かれ、われわれも首都アスタナにお邪魔しました。アスタナは中心部にイシム川が流れる、非常に近代的な街です。中心部の広場には、バイテレクという高さ百五ｍのシンボルタワーが建ち、大きな球体が乗ったその姿はまるで絵画と思わせる芸術品。その美しさに感銘しました。

御存知のようにカザフスタンには、セミパラチンスクという旧ソ連の核実験場がありました。多くの国民が放射線被曝の被害を受けていますので、被曝医療が必要な国でもあります。現在、街は近代的な美しさですが、放射線被曝という意味では、カザフスタンもこれまで非常に苦労されています。

広島は原子爆弾による被爆ですが、被害を被った両国は、共通の問題を抱えています。そういう意味でも、五月二十七日㊎のオバマ大統領に続いて、カザフスタンの国家元首が広島に来られたことは、核兵器廃絶をめざす広島にとっても意味があると考えます。

四．ＡＢＣＣ（二〇一六年十一月）

放射線影響研究所（放影研）は当初、ＡＢＣＣ（Atomic Bomb Casualty Commission「原爆障害調査委員会」）という名称で設立されました。以来、放影研はこれまで、広島で二十万人以上、長崎で十四万人以上の尊い命の犠牲の上に築かれたデータを全世界の放射線被曝治療や研究に役立ててきました。現在も、記録を後世に残すことはもちろん、放射線が人体に及ぼす被害を理解し、今なお続く被爆者医療を未来へつなげていかなければならないと、努力されています。

ＡＢＣＣというと思い出すことがあります。

小学校に入学して間もない頃、クラスメートに双子の女の子がいました。学校には定期的にＡＢＣＣからアメリカ製のワゴン車の迎えがあり、双子の女の子も出ていきますので、ＡＢＣＣに行ったことがすぐ分かりました。帰ってくると、いつも鉛筆やノートを沢山貰ってきます。その頃の鉛筆の芯は非常に硬く、紙の質の悪さもあって、少し強めに書くとすぐに破れてしまいます。しかし、双子の女の子たちがＡＢＣＣから貰った鉛筆やノートは、とても質が良さそうで、うらやましく見ていました。

当時、その女の子たちの姿はいかにも貧しく、週に何度か二人とも頭からＤＤＴをかけられ、真っ白になっていました。他の子どもたちが見ている前で、ノミ・シラミの駆除をされる。子ども心に、ＡＢＣＣの鉛筆とノートはうらやましいけれど、ＤＤＴはかわいそうだなと、複雑な思いで見つめていたものです。

放影研の活動は、放射線被曝医療へ世界的に貢献していることは事実ですし、未来志向で前向きな事業であることも改めて再認識しました。

それにしましても、幼い頃のクラスメートだった双子の女の子たちを思い出すと、何だか単純には割り切れない気持ちにもなりました。

五．大将の器（二〇一六年十一月）

本棚を見ていると、和辻哲郎氏の随筆集が目に留まりました。和辻氏は哲学者なので文章が非常に細かく、本当に魅力的です。こんな見方をされるのかと気づくと、嬉しくなり、参考にしなければと思ったりもします。

少し面白いと思った部分をご紹介しましょう。

戦国武将・武田信玄時代の戦略を記した軍学書「甲陽軍艦」にある「我国をほろぼし我家をやぶる大将」、いわゆる大将の器ではない四類型を、和辻氏は紹介しています。皆さんも自分を大将に当てはめてみてください。

一番は「ばかなる大将」です。「ばか」とは知恵がないという意味ではなく、自分に間違いはないと自惚《うぬぼ》れた人のこと。周りにチヤホヤされて判断力の鈍った大将という意味です。城の中に「ばかなる大将」がいたらどうなるか。想像してみてください。漫画になるでしょう。

二番は「利根《とね》すぎたる大将」。このタイプの大将は比較的多いと思います。口先だけで体裁を繕ったことばかり言う、如才ない大将です。勘定高く失敗は少ないかもしれませんが、魅力がない人でもあります。

三番は「臆病なる大将」。これはこれで上手に効用を見極めれば、その家は潰《つぶ》れないでしょう。あまり冒険をしないタイプで、組織を維持するといった意味では、ひょっとしたら良い大将かもしれません。しかし、家が繁栄することはありません。

四番が「強すぎる大将」です。

この四つの大将を足して四で割ったら、一番いい大将になると思うのですが、いかがでしょうか?

さて和辻氏は、この四つの大将論から見えてくる理想の大将とは、武士道をわきまえた者だと強調しています。正直、慈悲、智慧《え》の三つがそろった者が武士道をわきまえた人間であると、理想を武士道に置いています。

さらに、武士道の理想の心構えは「自敬の念」だと言います。つまり大将になる前に自分を整えなくてはならない。自分を敬えるほど魅力的な人物になろうと思えば、私の好きな言葉でもある「整える」努力が必要だということです。

次に和辻氏は、敵の概念を付け加えています。敵とは、自分が敬意を表することができるほどの人間のこと。敬えるほどの人間でなければ、敵にする意味はないというのです。

喧嘩《けんか》をするなら自分より上の人間、という意味とは少し違います。例えば武田信玄と上杉謙信は戦国時代、長年敵対したライバルです。しかし、武田信玄は敵の上杉謙信を大変尊敬していました。故に信玄が死ぬ間際、息子に上杉謙信は尊敬できる人だから、自分は大将同士で和睦できなかったが、お前は和睦しなさいとまで言っています。敵からも敬われる人間である上杉謙信は「武士道」の人だったのでしょう。

六．美（二〇一六年十二月）

「体操ニッポン二〇一六エキシビション～リオデジャネイロオリンピック報告演技会」が広島で行われ、体操日本代表の選手たちが来ています。

主催団体・広島県体操協会は、体操選手がケガをしないよう、またケガをしたときの応急処置も含めて、医師を確保することになっています。十年ほど前に広島県体操協会の会長を務めていた関係から、私は今回も医師を派遣する役目を担っています。

誰かを派遣しようと思っていましたが、手術等が入って行ける医師が見つからず、十六時から十八時過ぎまで、私が立ち会いました。

オリンピック選手の練習風景を見させていただきましたが、さすがに気合いが入っています。内村航平選手の鉄棒は圧巻でした。ひねり王子こと白井健三選手の床は今日はないと聞き、残念ではありましたが、驚いたのは女子の新体操です。ボールやフープ技は、もう神業。体の線も美しく、足を上げると額につくしなやかさです。間近で拝見すると、ここまで練り上げた技と体、そしてプロ意識が肌に伝わってきました。

何事も一生懸命練習すればと思いますが、体操選手の身体能力は極めて超人レベルです。そして、さらにその技の中に美しさが求められます。ガツガツしているだけではダメで、努力と表現には美しさも必要だと痛感しました。

七．根拠（二〇一七年一月）

物事を判断するときに必要な、二つの根拠の考え方について学びました。

京都大学医学部の中山健夫教授が書かれた『京大医学部で教える合理的思考』（二〇一五、日本経済新聞出版社）に分かりやすくまとめられています。

その一つは経験的根拠で、もう一つは科学的根拠です。われわれ医師には両方ともに必要不可欠。医学知識だけでは不充分で、いろんな経験がとても大切です。

中山教授は、この経験的な根拠に警鐘を鳴らしています。自分が経験したことが絶対だと医師は思いがちです。そういえば私も、「私の経験上はこうだ」と、よく言うことがあります。しかし、そこは少し謙虚になって、本当の意味の根拠、科学的・経験的を乗り越えた真の根拠を探す癖をつけなければいけないと提言されています。

われわれは、いろいろな課題に遭遇しています。そんなとき、やはり物事を正しく見据えること、根幹を見据えて騙《だま》されないようにすることが大切です。

永平寺の道元禅師（一二〇〇生まれ、十三歳で出家、二十四歳で宋へ渡り、帰国後、八十七巻の正法眼蔵を著す）が日本に持ち帰ったものは、我執・汚れのない身心（空手環郷《くうしゅげんきょう》）と人に瞞《だま》されないこと（人瞞《にんまん》を被らず）でした。そこまでに至った道元禅師が著した「正法眼蔵」の奥深さは読むたびに新たな境地を与えてくれますが、とにかく難しい漢字が多く（漢文・和文あり）、語学力の深さにも感銘を覚えます。

人に騙されないためには、しっかりと勉強した上で、物事の根拠を科学的にも経験的にも見据えることが必要です。「騙されないこと」、これを私の人生訓の一つにしたいと思っています。

八・漢文（二〇一七年三月）

現代は英語を推奨する時代ですから、漢文を読む人は少ないかもしれません。私は、漢文が好きなので、夜中に目が覚めると漢文を読んでいます。高校時代に漢文を一年とったこともあり、ある程度は読めるのですが、道元禅師の「正法眼蔵」に書かれた多くの漢文は難しい。ですが、漢文は読むと大変面白いものです。日本語訳と照らし合わせて読んでいると、この字がこう変化したんだと気づいて、喜びを感じたりしています。

夏目漱石の『思ひ出す事など』という随筆集には、章節ごとに漢文が書かれています。漱石は実は漢文の大家で、漢詩も沢山書いています。

とはいえ、いろんな漢文をいくら読んでも、新しい漢文を読もうとするとスラスラとはいきません。漢文を使いこなす道元禅師はすごいと感心することしきりです。三歳で母を、十三歳で父を亡くし、それから出家して比叡山延暦寺で徹底的に修行を積み、中国語も話せるし漢文も読める、いわば生活即漢文という状況だったのではないかと想像します。

今の中国の状態を考えると、一生懸命に漢文を勉強するのも癪《しゃく》だなと思うこともあります。が、人間の感性は今も昔も変わらないと思って漢文を読むと、字の筆順やうろ覚えの漢字をもう一度確認することになります。すると新たな発見が次々と出てきて、ついつい読み過ぎてしまうのです。

九．やわらぎ（二〇一七年三月）

島崎藤村の随筆集を読んでいます。

彼の作品は題目が大変魅力的です。例えば「春を待つ心」という小題を読むと、何となく春を待つ心になりつつある自分を感じます。その他にも、雨を柔らかいと表現したりしています。藤村が一時、長野県小諸に住んでいたことは、皆さん御存知だと思います。そういう山岳地帯から麓《ふもと》に下りたときに「柔らかい雨だな」と言っているのです。

鈴木大拙氏、この人は禅文学を世界に広めた人です。奥様がアメリカ人ですので、禅に関する文書は英語で書いてしまう。日本語はないのかと、英語で書いたものを今度は日本語に翻訳する人がいる、とまあ不思議な現象を巻き起こしている人です。

鈴木氏は、聖徳太子の十七条憲法を解釈しています。第一条の「和を以って貴しとなす」の「和」を「わ」と読んではいけない。「やわらぎ」と読めと言うのです。確かにそうすれば、何となく気持ちも社会も「やわらぐ」気がします。十七条憲法にふさわしい「和」の読み方で、日本的かつ日本人の心の奥底にあるものを感じ、私もいいなと思います。

いろんなことがありますが、初心に返り、「やわらぎ」をもって進んでいきましょう。

十．三人言而成虎（二〇一七年三月）

永平寺開祖の道元禅師が、面白いことを言っています。

「冬と春の如く、冬が春になるのではない」

日本には春夏秋冬と四季がありますが、春は春で夏は夏。薪と灰に例えて、はっきりとそう言うのです。これは生死に関する大変面白い例えですが、なぜ道元禅師がそう言ったかは、彼の本を読んでください。これは道元禅師の哲学です。なるほどと思います。


中国の故事成語を思い出しました。

韓非子（～紀元前二三三）内儲説篇の「三人言而成虎（三人言って虎を成す）」。町の中にいるはずもない虎が出たと言っても誰も信じないが、三人が言うと皆が信じてしまうという意味です。これは広報の危険性と重要性を表しています。われわれも広報について充分に理解し、対応しなければなりません。

会報誌といえども、そこに書かれていることを読んだ人は、それが正しいと思ってしまいます。本当に正しいわれわれの思いや考え方を広報していくために、「三人言而成虎」を忘れずに当たっていきましょう。

十一・大学（二〇一七年四月）

私は多読と言われますが、比較的同じ本を何度も読む意味での多読で、どんどん幅広くジャンルを広げるタイプではありません。理由の一つは時間がないため、幅を広げる余裕がないのです。ですので、今回も手持ちの本から紹介させてください。

二宮金次郎（二宮尊徳）は、皆さん御存知のことと思います。小学校の校庭でよく見かける銅像の主です。二宮金次郎の像が読んでいるのが、孔子の言葉を弟子たちが記した四書の一つ、大学です。大学というのは、その名の通り、学問を教える学校の意味。現在、われわれは小学校、中学校、高等学校、大学と言いますが、「大学」が記された当時、中国にこの言葉はありました。

その「大学」の中に「苟《まこと》に日に新《あらた》なり、日に日に新にして、又日に新なり」という言葉があります。これは中国の殷《いん》の時代の湯王が毎朝、顔を洗うたびに洗面器の底に彫ったこの言葉を読みながら、心も洗い精神状態を高めていたといいます。

その意味を込めて、当院の朝礼でもこの言葉を伝えました。皆に話しながら、私も日々新たにしていこうという気持ちでいっぱいでした。自分もですが、同時に組織も新たにしていかなければなりません。

「大学」というのは、儒教・儒学の根幹をなす書物です。「修身《しゅうしん》・斉家《せいか》・治国《ちこく》・平《へい》天下《てんか》」とは、自分の身を修めて家を整える。そうすれば国を治めることができるという意味です。

そのためには日々新たに自分を整えていく、組織もしかり。日々新たに心も体も洗い、精神を高めていきたいものです。

十二・先哲（二〇一七年四月）

最近、新聞か何かで読みました。本屋の店員は、お客を見ると本を買うか買わないかが分かるそうです。どうして分かるのかというと、買う客は本の前に立っている時間が長いのだとか。そういえば私も本の前に立っている時間は長く、当たっていると思いました。

今回、東京神田の三省堂（新刊に加えて二万五千冊の古本もあり）に足を運び、東洋文庫コーナーで立ち止まり、購入したい本を見つけました。

広島の先哲、富士川游先生の『日本医学史綱要』一巻・二巻（一九七四、初版、平凡社）。富士川游先生は一九〇四（明治三十七）年に「日本医学史」を書かれていますが、もともと三千余ページくらいの本だったのを千ページくらいに減じて出版したそうです。一九三三（昭和八）年発行の「日本医学史綱要」はそれをさらにまとめたもので、東洋文庫版の原本となっています。この本の解説（小川鼎三氏）によると、富士川游先生は「弟子を持たず、すべて同学の友としていた」といいます。

実は私の恩師、広島大学名誉教授・津下健哉先生も十数年前に下さった手紙の中で、医師は社会的活動をすべきである。自分は医局員を弟子ではなく同僚と思っているると書かれていて、驚いたことがあります。この時、私は親鸞の法語等を集めた弟子・唯円《ゆいえん》の書とされる『歎異抄《たんにしょう》』の「親鸞は弟子一人もたずさふらう」を思い出しました。が、今回、富士川游先生の生き方を知り、医学史の研究もされていた津下先生ですから、富士川游先生の哲学を心に留められておられたのかな、とも感じました。

富士川游先生は一九四〇（昭和十五）年に七十五歳で亡くなられています。私は一九四一（昭和十六）年一月生まれですから、ご縁を感じます。富士川先生は「日本医学史」を千ページくらいに減じた原稿を残して亡くなりました。原稿は先生の高弟、赤松金芳氏の校正で、一九四一年に「日本医学史決定版」として出版されています。

購入した「綱要」の解説文を読むと、「日本医学史」の序文（六氏による）の一文を、広島県医師会館の一階に胸像がある呉秀三先生が書かれています。呉秀三先生といえば、東大精神科の教授で、その弟子が斎藤茂吉氏、そして斎藤茂吉氏の一高時代の先生が夏目漱石という関係にあります。

『斎藤茂吉随筆集』（岩波文庫）を紐解けば、学生服姿の茂吉と若かりし漱石が写った一枚の写真が掲載されています。さらに随筆集には呉秀三先生の回診風景——一時間も二時間も患者の前に座り、話を聞く姿が書き留められ、心を強く揺さぶります。

また『医聖　華岡青洲』（一九六四、医聖華岡青洲先生顕彰会発行）の索引を見ると、富士川游先生が二カ所、呉秀三先生が十一カ所も引用されていることに気がつきます。いずれにしましても、広島医人界が誇る二人の先哲、呉秀三先生と富士川游先生の交流が偲ばれます。

十三．社会的健康（二〇一七年五月）

『社会的健康決定要因、健康政策の新潮流』という本を頂きました。イギリスのマイケル・マーモット氏とリチャード・G・ウィルキンソン氏の二人が編者で、英語表記は「Social Determinants of Health」です。

健康に関与するいろんな原因を実証し、病気の要因と健康との関連を追求。例えば、社会的問題として労働環境と健康格差、貧困と健康の関係をエビデンスに基づいて研究をしています。

実は編者のマーモット氏は、シドニー大学医学部を卒業後、カリフォルニア大学のバークレー校に留学した経歴を持つ医師です。イギリスに帰国後、ロンドン大学UCL疫学、公衆衛生学教授として一つの研究を続けます。そして同じ公務員でも職階によって死亡率の高低が生じることを発表。社会経済的格差に基づく健康の格差を、格差症候群（The Status Syndrome）と名付け、この言葉は広く認知されています。

彼の略歴を読みますと、イギリスの医師会長をされ、三年前の二〇一四年に世界医師会長になられたとのこと。今年、二〇一七年十月に横倉義武日本医師会長が世界医師会長に就任されることもあり、そういう意味でもご縁を感じ、良い本を頂いたと思っています。

頂いた「社会的健康決定要因」日本語版は今年の三月、一般社団法人・日本公衆衛生協会から発行されています。監修は広島大学大学院公衆衛生学の烏帽子田彰教授ですが、私はこの本を烏帽子田教授より頂いたというわけです。ざっと拝見しましたが、確かに社会的要因と健康格差の問題は重要だと感じました。

広島県の健康寿命、これは二〇一〇（平成二十二）年のデータですが、四十七都道府県中、男性が三十位、女性が四十六位です。これだけ低いと、広島県の社会的健康格差要因は何だろうかと考えてしまいます。結論をすぐに出すことはできませんが、今後、健康寿命と社会的健康格差要因の関連性について考えてみたいと思います。

十四．九条（二〇一七年五月）

現在、日本国内には「憲法の改正」問題があります。日本医師会もわれわれ広島県医師会も、こうしたイデオロギー的なことに対する考え方は表明していません。私は、この機会に、いろんな方の憲法改正に対する考え方を調べてみようと思いました。

一冊、本を見つけました。加藤周一氏の著書です。

私たちが若い頃の加藤周一氏といえば、いわゆる論客です。知性派といいますか、東京大学医学部を卒業後、評論家であり作家でもある加藤氏は「九条の会」をつくられました。要するに、平和憲法を守る運動を展開されたのです。

「九条の会」をつくられた当時、加藤氏全盛期の頃の考え方は、憲法は変えてもいいというものでした。しかし、憲法は変えてもいいが、九条に関しては、目的が何かということをしっかり確認しなければならないと言っています。何の目的で九条を変えるのか、はっきりと理解して、そして賛否を問わなければならない。そういう意味では、われわれも資料を集めて勉強しなければなりません。ノンポリではいけないと思い始めています。

周囲の流れにのまれるのではなく、根本を学び、自分の意見を持って、憲法改正を語っていきたいと思います。

十五．草とり（二〇一七年五月）

果物が美味しい季節になりました。

この季節にふさわしい本を探していたら、徳富蘆花の随筆を見つけました。『日本近代随筆集選二 大地の声』（二〇一六、岩波文庫）の中の小題「草とり」。「六、七、八、九の月は農家は草と合戦である」で始まっています。

徳富蘆花は一八六八年生まれ、一九二七年に亡くなっています。生活即芸術の文学をめざし、半農生活を送った人で「自然と人生」や「不如帰《ほととぎす》」といった作品があります。

「草とり」の中で、「自然主義の天は一切のものを生じ、一切の強いものを育てる」とあります。皮肉でもあるのですが、「草とり」という表題ですから強いものとは草のこと。刈っても刈ってもすぐに生えてくることから、「それは戦いで草が攻めてくる」と表現するのです。

私が中学生の頃には、祖父が畑でみかんを作っていて、その隣にある一反ほどの畑を朝五時から昼まで、二人で耕したことがあります。「草とり」を読みながら、畑との戦いを思い出しました。

徳富蘆花は続けます。「手には畑の草をとりつつ、心に心田《しんでん》の草をとる」と心にも田があって、草が生えてくるので草をとると言います。心の草とは、余計な妄想や邪念が湧いてくるといった意味でしょう。心田の草を刈りとることも大変だということです。彼はさらに皮肉を込めて、「四囲《あたり》の社会も草だらけである」と書いています。こういう言い方もあるのかと、感心した次第です。

草をとるのは大変で、とってもとっても後から生えてくるというのは何かを暗示しているようです。草はとらないといけないということ、この随筆も「草を除《と》ろうよ。草を除ろうよ」で終わっています。

十六．眼の人（二〇一七年六月）

何度も読んでいるのですが、志賀直哉氏の随筆「城の崎にて」を久しぶりに読みました。解説に、志賀直哉は「眼の人」ともいわれ、見た対象を脳裏に焼きつけてしまい、後に文章とする能力があり、小説の神様といわれたとあります。志賀直哉の視点は、一見の価値があります。

城崎といえば、昨今、某県会議員のカラ出張で注目を集めた場所。某県会議員の涙の会見が脳裏を横切ります。

「城の崎にて」の前編には、屋根にあった蜂の死骸《しがい》を書いています。雨の翌日、その死骸がなくなっていたと描写する。それから何ページにもわたって蜂の死骸について書いていくのですが、その観察力はやはりすごいと思います。

後編は鼠《ねずみ》に子どもが石を投げて遊んでいるが当たらない情景から。そして次に自分が何気なく川にいたイモリを驚かそうと投げた石が当たってしまい、イモリが痙《けい》攣《れん》して尻尾を持ち上げ、やがてダランと死んでいく姿をずっと書いていきます

志賀直哉氏の自然観察力の鋭さと、その自然と自分を対比させながら感情を表現

する構成力と文章力はさすがだと、感心しきりでした。

十七．忖度《そんたく》（二〇一七年六月）

最近、マスコミで非常によく聞く「忖度」についてお話ししたいと思います。これまで、「忖度」という言葉を、実際には使ったことがなかったと思います。政治用語、行政用語かと思っていましたら、「忖度」が登場する本を、偶然、古本屋で見つけました。

赤木桁平氏の『夏目漱石』。赤木桁平という人は、夏目漱石が活躍中に漱石の家へ気楽に行ける間柄だったようです。漱石からの手紙も沢山持っていて、漱石の身辺を書いています。その中で「忖度」という言葉を使っているのです。どのように使っているかというと「十分忖度しても差し支えないことではなかろうかと思う」という風です。

「十分忖度して」の意味は、人の心を慮《おもんぱか》るといいますか、人の心を想像するということ、これが本来の忖度です。現在ニュースで使われている「忖度」と関連性はあるでしょうが、少し外した使い方のような気がします。辞書には「他人の心を推し量る」と載っています。

『夏目漱石』を読んでいると、漱石の奥様のことが書いてありました。出身が広島県深安郡福山町西町、名前が中野重一長女鏡子。深安郡は二〇〇六年に神辺町が福山市に編入されて消滅。福山市は逆に明治の頃は深安郡福山町だった歴史があると聞きました。つまり奥様の鏡子さんは、福山町、つまり福山市の出身。市政でない時代の話ですから、福山町は現在の福山城周辺のようです。

夏目漱石といえば、愛媛県伊予松山を想像しますが、広島県とも非常に縁があることを知り、親近感が湧いてきました。

十八．傾聴（二〇一七年六月）

ある施設から、医の倫理に関する講演依頼を受けました。その施設では、患者さんとのちょっとしたトラブルが発生し、そのことを鑑み、もう一度気を引き締めて医療に当たるためのご依頼でした。

今回、お話ししましたのは、「医の倫理の歴史」というタイトルで、医師会あるいは医師としての取り組みの歴史でした。

中でも力を入れたのは、Narrative Based Medicine「傾聴に基づく医療」。斎藤茂吉氏（一八八二～一九五三）による逸話の中から、広島の先哲・呉秀三先生（一八六三～一九三二）が当時の東京帝国大学医科大学附属病院（現在の東大病院）において、教授として回診中に、患者さんのベッドに座り込んで一時間も二時間も話を聞かれていたことを紹介しました。

できるだけ充分な会話、とりわけ充分に話を聞くことが大切です。それによって患者さん側も医療側も満足し、トラブルの発生が抑制されると思います。これが医の倫理の根本であると結論付けました。

これにInformed Consent（説明と同意）とEvidence Based Medicine（根拠に基づく医療）が加われば万全です。

十九・教訓（二〇一七年七月）

台風が日本列島を賑わせましたが、国もまさに台風直撃。小池百合子氏の都民ファーストの会が、東京都議選で大暴れした模様です。

どうしてこのようなことになってしまったのか。

憲法改正問題に籠池問題、さらには加計問題。特に加計問題では、最後は獣医大学の設置はすべて許可しようとするなど、かなり大胆な発言もあり、驚きました。単純に許可すると言いましても、大学に対しては設立後も大変な補助金を出さなければなりません。単純な問題ではありません。

いずれにしましても、悪いことが重なったのだと思います。充分な説明責任もなされませんでした。まさにわれわれが常日頃、気を付けている公正・公平、透明性、説明責任、そしてしっかりとして情報開示の重要性を弁《わきま》えていれば、安倍政権もここまで痛手を被ることはなかったはずです。

われわれも良い教訓をいただきました。一刻も早く、国が立ち直ることを望んでいます。

二十．雹《ひょう》（二〇一七年七月）

先日、日本医師会の理事会に出席した際のこと。十五時くらいだったでしょうか、日本医師会館めがけて雹が降ってきました。

かなり大きな雹が降ったのでしょう。ものすごい音がしました。会議室にいたわれわれは窓の外を見たいと思ったのですが、ガラスが割れてケガをするといけないと、カーテンを閉め、窓から離れていました。

三十分ぐらい経ったでしょうか、静かになったので外を見ると、道路が落ち葉でいっぱいになっていました。大粒の雹もたくさん落ちていますので、自動車は大丈夫かと確認しましたら、フロントガラスが割れたような自動車は走っていません。どうやら局地的なものだったようです。全国ニュースにもなった東京の雹、貴重な体験をさせていただきました。

理事会前の打ち合わせ会では、産婦人科の石綿先生が、常に仰る産婦人科の医療事故について提言されました。石綿先生は医療事故調査委員会のメンバーでもあり、心底、医療事故調査に身を捧《ささ》げられているようです。それだけ産婦人科の医療事故は深刻だということなのですが。

広島県医師会出身で日本医師会常任理事の温泉川《ゆのかわ》先生ともお会いしました。広島県医師会の頑張りを誇りに思ってくださっているようで、大変に嬉しく、また懐かしくもあり、話が弾みました。

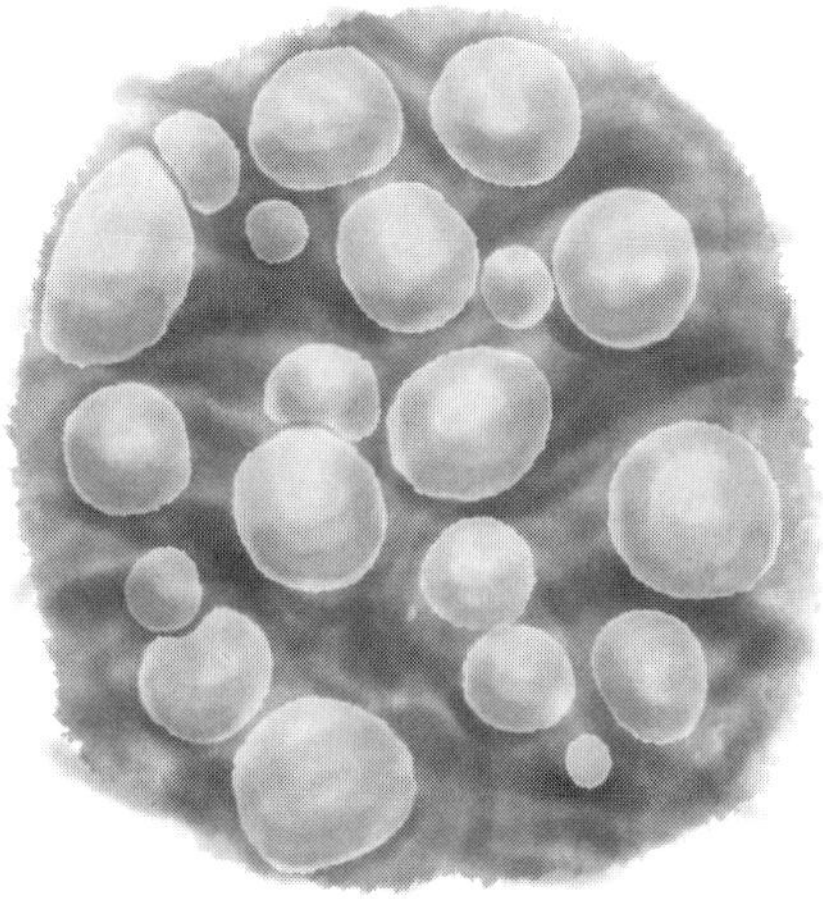

二十一・私の八月六日（二〇一七年八月）

八月六日、今年で七十二年目となった広島市原爆死没者慰霊祭並びに平和祈念式がございました。私はこれまでずっと出席してきましたが、今年は体の負担を鑑み、テレビの前で黙とうを捧げさせていただきました。

夕方からは毎年出ています広島市医師会原爆殉職会員並びに医療従事者追悼式に出席しました。これまで、様々な慰霊祭や追悼式で、型通りのご挨拶を申し上げてきましたが、今年は「私の八月六日」という話を入れました。

一九四五年八月六日、私は朝八時に母と船に乗り、故郷・上蒲刈島へ向かう船上でドドーンという音を聞きました。八時十五分ですから、船は似島の沖か、もう少し先にいたのでしょう。当時四歳だった私は、母に「今のは何？」と尋ねたことを覚えています。

それから数カ月か半年後か分かりませんが、広島に帰りました。その時は中国から帰国した父と一緒だったと思いますが、焼け野原になった広島に驚きました。福屋の隣に、外観に特徴のある細長い中国新聞社のビルがあったことも記憶に残っています。

昔、浜井信三という広島市長がおられたこと、ご存知でしょうか？　原爆市長とも呼ばれ、戦後の広島市の復興を支えた人物です。終戦間もない一九四七年から一九六七年まで、途中一期を挟んだ四期十六年の市長職で平和都市・広島の礎を築き、熱心に平和運動を繰り広げられました。

その一環に興安丸という平和の象徴の船を使った平和学習がありました。この船は七千トンくらいの客船で、舞鶴と中国、あるいはソ連や朝鮮半島などから軍人や民間人の帰国に活躍したのですが、浜井市長の提唱で小学生を乗船させて平和学習をさせるというもの。私も小学生のときに乗ったことがあります。

私たちは今、浜井市長をはじめ、戦後の広島の復興に尽力した人たちが大勢いらっしゃったことを、八月六日という節目に改めて考え、平和の大切さを噛みしめなければなりません。

おわりに

「哲学」は、「道徳」と比べて日本人にはなじみの少ない言葉である。

私が「哲学」を知ったのは、大学教養部（医学部進学課程）の時である。門《かど》秀一教授による講義は「門哲《もんてつ》」と呼ばれていたが、その内容は、ほとんど記憶にない。唯一、「アガペー（愛）」という言葉だけを覚えている。ギリシャ哲学の一端であったようである。門教授のお名前（姓）は、当時広島の中心街に門《もん》という喫茶店があったこともあり、今もって懐かしく覚えている。アガペーとともにお名前の秀一まで覚えていたのは、先生の人柄と名講義の所以《ゆえん》であろう。

一方、「道徳」も小・中・高を通じて教わった記憶はない。幼少期に、熱心な浄土真宗門徒であった祖母から、地獄・極楽・閻魔《えんま》大王の話を聞き、善悪を教えられたぐらいである。

道徳が実践哲学の一つであることは周知の通りであるが、戦争直後の道徳アレルギーがなお残存する現在、古くて新しい「哲学」の再登場を願わずにはいられない。

前作に続き今回も、読書から知った多くの言葉を私の実生活に生かし、ひいては社会の倫理意識の向上に生かしたいという思いで、広島県医師会理事会・常任理事会の会長挨拶で話した内容をまとめてみた。

筆を進めながら、手許《てもと》にあるわずかな哲学書を紐解《ひもと》き、直面する人生の難問を問うてみた。

「善悪、正義、徳、幸福とは?」と問い直してみたのである。

西田幾多郎（一八七〇〜一九四五）の『善の研究』、和辻哲郎（一八八九〜一九六〇）の『人間の学としての倫理学』、プラトン（前四二七〜三四七）の『国家』、『ソクラテスの弁明』等、アリストテレス（前三八四〜三二二）の『ニコマコス倫理学』、エピクテートス（五五〜一三五）の語録（人生談議）等。道元（一二〇〇〜一二五三）の『正法眼蔵』、鈴木大拙（一八七〇〜一九六六）の『日本的霊性』等。とりわけ、本書の「おわりに」へ浄土真宗の学者・清沢満之（一八六三〜一九〇三）が愛読した『エピクテートス語録』の著者・エピクテートス（五五〜一三五）の哲学を取り上げてみた。

エピクテートスは、ローマの後期ストア哲学者である。鹿野治助《かのじすけ》（一九〇一〜

一九九一）の『エピクテートス』によれば、エピクテートスの哲学は、必要なこと、すなわち実践的なことに関する無知・無力の自覚、矛盾に行き当たってそれと感づくことの重要性を示し、すべての過失は矛盾を含んでおり、間違う原因は無知だとした。

矛盾は、過失を犯した人が「過失を犯したがっていた」のではなく、「正しくありたがっていた」のに、「欲していることをなし得なかった」ことを言う。失敗は「知らないということ」を知らない、すなわち「自分の無知・無力を知らない」から、改めるはずもなく「他人に聞こうともしない」ために生じるのである。

だから「知っていないのに知っている」とする自惚《うぬぼ》れを除去することが、哲学する者の最初の仕事であり、自惚れを除去し、「知らないということを知ること」、すなわち「無知の知」を自覚しなければならないとし、控えめと慎み深さの必要性を説いている。

エピクテートス哲学のもう一つの特色は、諸存在を二分し、一つは、自分のもの・自分の力の中にあるもの・意志で左右できるもの。これは自分に責任あることであるから慎重・細心の心を配り、善悪、取捨の判断をする。もう一つの、自分の力の中にないもの・意志外のものは、自分にとって何でもないのだから、おおらかに大胆に処する。

　存在のうち、意志で左右できるものだけを避け、欲して得そこなわず、避けて避けそこなわない。求むべきは善・避くべきは悪と心掛け、ゆとりや不動心を得ることを最善とした。

　さて失敗した場合は、充分に反省し、失敗の原因である「無知・無力・矛盾」を自覚して謙虚に善悪を判断することが重要だ。「無知の知」を自覚し、善を求め悪を避ける習慣づけにより、道元禅師の修行力《しゅぎょうりき》が現成し、「失敗力《しっぱいりき》」、すなわち失敗しない力が身に付くのである。

　とりわけ、善悪の判断ミスは個人・組織にも大きな影響を及ぼすため、最も避けるべきである。善悪の判断は自分の力の範囲内のもの、すなわち自分の意志で左右できるものであることと充分に自覚し、幸福の中核たる有徳・善がみなぎる個人、社会の実現を望んでやまない。

二〇一七（平成二十九）年十一月
平松　恵一

失敗力　わたしの哲学

2017年12月13日　第1版第1刷発行
著　　者／平松　恵一
発 行 人／通谷　章
編 集 人／大森　富士子
発 行 所／株式会社ガリバープロダクツ
広島市中区紙屋町1-1-17
TEL 082（240）0768（代）
FAX 082（248）7565（代）
印刷製本／株式会社シナノパブリッシングプレス

ISBN978-4-86107-068-6　C0095　￥1200E